完美女人的一点素质

外国经典散文名家名译

谢大光◎主编

天津出版传媒集团
百花文艺出版社

图书在版编目（CIP）数据

完美女人的一点素质 / 谢大光主编. -- 天津：百花文艺出版社, 2014.3
(外国经典散文名家名译)
ISBN 978-7-5306-6396-7

Ⅰ. ①完… Ⅱ. ①谢… Ⅲ. ①散文集-世界 Ⅳ. ①I16

中国版本图书馆 CIP 数据核字(2013)第 307379 号

选题策划:李家文　　**装帧设计**:刁子勇
责任编辑:李家文　　**责任校对**:曾玺静

出版人:李华敏
出版发行:百花文艺出版社
地址:天津市和平区西康路 35 号　　**邮编**:300051
电话传真:+86-22-23332651（发行部）
+86-22-23332656（总编室）
+86-22-23332478（邮购部）
主页:http://www.bhpubl.com.cn
印刷:唐山天意印刷有限责任公司
开本:787×1092毫米　1/32
字数:130 千字　**插页**:3
印张:9.875
版次:2014 年3 月第1 版
印次:2014 年3 月第1 次印刷
定价:23.00 元

目录

论爱情

〔英国〕雪莱

什么是爱情?问问活着的人,什么是人生?问问崇拜上帝的人,什么是上帝?

我不了解其他人的本性,甚至你的本性,虽然我现在给你写信。我看到他们在某些外在的特征上和我相像,但是在那种外表的误导下,我曾想寻求某种共通的东西并把我内心最深处的思想向他们和盘托出,但我发现我的话受到了误解,就好像身处一个遥远和野蛮的国度里那样。他们提供给我体验的机会越多,看来我们之间的距离也就越大,也就越发无法找到相互同情之处。带着并不适合于进行这样的论证的心情,而这种心情的敏感又使我颤抖和软弱无力,我曾到处寻求同情,但得到的只是拒绝和失望。

你问什么是爱情？它是这样一种强大的吸引力，这种吸引力使得我们所设想的或担心的或希望的一切都转向它，这时在我们自己的思想中我们发现了并非一无所有的空隙并且试图在现存的一切事物当中设法唤醒它们同我们内心的体验的一种相通之处。如果我们用理性思考，我们希望得到理解；如果我们想象，我们希望我们头脑中的活泼的思想在另一个人的头脑中产生共鸣；如果我们感觉，我们希望另一个人的神经和我们自己的神经一道振动，希望他们的目光立刻闪闪发亮并和我们自己的目光融合在一处，希望不应当是一动不动的冰冷的嘴唇去回报那因内心至诚的血而战栗和滚烫的嘴唇。这才是爱情。这是不仅把人和人联系在一起，而且把人和世上的万事万物联系在一起的神圣的力量。我们生在这个世界上，我们身上有某种东西从我们诞生那一刻起便越来越渴望亲近其同类。婴儿在母亲的怀里吮吸奶汁或许同这一规律是一致的。这一倾向随着我们的本性的发展而发展。在我们自己的理智中我们隐约地看到仿佛是我们整个自我的一个雏形，但是它并没有我们诅咒或蔑视的一切，它是我们所能设想属于人的本性的一切优秀或可爱的事物的理想的原型。不仅仅是我们的外表的肖像，而且是我们的身体所由构成的最微小的粒子的一个集合体❶；它是其表面只反

❶这些词是无用的和隐喻的。大多数的词都是这样——没法子！——原注

映纯洁和明亮的形象的一面镜子；是我们灵魂中的这样一个灵魂，它在它自己的天堂四周画一个痛苦、悲哀和罪恶都不敢逾越的圆圈。一切感觉以及这些感觉应当同它相似或相适应的渴望，我们都热切地将之归于这一情况。与之相反的类型的发现，能同以清醒估价我们自己的一种理解的相会，应当进入并且捉住我们乐于在暗中珍视并展现的敏感和微妙的特点的一种想象，拥有这样的躯体，它的神经有如为一个悦耳的声音伴奏的两把精美的七弦琴的弦，和我们自己的神经的振动发生共振，以及所有这一切按照内在类型所需比例的结合，这便是爱所追求的看不见和达不到的一点。而要做到这一点，人们就需要有捕捉它的最微弱的影子的能力，而如果得不到它，为爱情所支配的心便不会得到任何休息和安宁。因此，虽然我们为芸芸众生所包围，我们依然感到孤独，或者说，处于一种被人抛弃的状态，而且他们并不同情我们，于是我们爱上了花、草、海洋和天空。在春天树叶的拂动中，在蔚蓝的天空中，可以找到和我们的心情的暗中的契合。无言的风是雄辩的，流动的小溪和小溪旁芦苇的沙沙作响的美妙的音乐，凭它们与灵魂中某些东西的不可思议的联系，使人的内心感到摄人心魄的狂喜的震颤，使神秘的温柔的泪水潸然而下，就像爱国者的成功的热情，或者就像一位心上人只向你一个人倾诉。斯特恩说，如果他置身于沙漠之中，他会爱上柏树。这种愿望或力量一死，这人就成了他自己活的坟墓，存留下来的只是他曾赖以生存的躯壳。

王昕若　译

谈爱情

〔英国〕杰罗姆

你当然谈过恋爱！如果没有的话，你得想方设法让它来。爱情好比麻疹，我们人人都要经过这一关。而且如同得麻疹一样，我们获得爱情也只有一次，以后就不必害怕再得第二次。谈过恋爱的人可以进入最危险的场所，可以玩弄最莽撞的诡计，而自己却完全安然无事。他可以去绿荫掩映的树林里野餐，可以在落叶覆盖的小径上漫步，可以逗留在满是青苔的座位上观赏落日。对乡间的安静的小屋不再感到害怕，正如对自己的俱乐部不觉害怕一样。他可以参加旁人的家宴一直去莱茵河。为了最后一次跟朋友会面，他可以走进婚礼这个危险的虎口里去。他可以在一阵旋风般令人陶醉的圆舞中保持头脑清醒，然后躺在黑暗的温室里休息一会儿，仅因为得了暂时的感冒。他可以在月光下勇敢地经过那些香气四溢的小巷，或在黄昏时分划船驶过阴森森的急流。他可以越过梯凳[1]而毫无危险，可以穿过枝条缠绕的篱笆而不致被卡住，可以走在滑溜溜的小径上而不致跌倒。他可以逼视那阳光般明亮的眼睛而不致头晕目眩。他听到海上妖女的歌声，却可以继续航行，而不致改变航向。他把雪白的手儿握在自己手里，可是并没有像卢卢小姐那种触电般的力量能把他轻轻压在手掌下而受到束缚。

是啊，我们绝不会害两次相思病，爱神丘比特不会对同一颗心射出第二支箭。爱情的侍女成了我们终身的朋友。我们虽然永远敞开大门恭候尊敬、崇拜和爱慕光临，但它们的主人像国王一般在天上巡游时只下访一次，然后就告辞而去。我们可以喜欢呀，珍视呀，非常非常喜爱呀，但绝不再是爱情。男人的心是一朵烟花，它到一定时候会爆发出灿烂的光辉，直冲云天。它像流星一样暂时喷射一阵强光，用自身的光芒把下面整个世界照得通亮。然后那可怜的普通生活的黑夜便逐渐包围它，燃完的烟花外壳落到地上，躺在那里，毫无用处，也无人理会，它慢慢儿烧着闷火，变成灰烬。我们只有一次能挣脱监牢的束缚，而像了不起的老普罗米

---

[1]梯凳(stile)，这是在田地之间矮栅栏的两侧所设置的阶梯，供行人越过，而防止牲畜进入。

修斯[1]那样敢于攀登奥林匹斯山，从太阳神的车上夺走众神之火。幸运的是这些人，他们在火尚未熄灭以前便匆匆赶回来点燃地上的圣坛。爱情的火光太纯洁，在我们呼吸的有害气体里不可能燃得很久，可是趁爱情尚未窒息之前，我们不妨用它作为火炬来点燃舒适而惬意的亲情之火。

说到底，这种温暖的微火比熊熊燃烧的爱情更适合我们这个世界，因为这世界就像屋后小客堂一般阴冷。爱情应是供奉在巨大神庙里的贞洁的火焰，那是一座广阔阴森的神殿，里面管风琴奏出的音乐就是天体隆隆的滚动声。在爱情的白光闪烁不定、终于熄灭的时候，亲情之火便会愉快地燃烧起来。亲情这种火可以日复一日地增添燃料，而且随着严冬岁月的日益临近，燃料还可以愈积愈厚。老年夫妇可以坐在它旁边，互相握住彼此瘦弱的手，小孩子可以偎依着坐在他们跟前，邻居也受到欢迎，可以在它旁边找到座位，即使毛茸茸的菲多[2]和全身光滑的蒂蒂[3]也可以把鼻子伸在炉栏边烤烤火呢。

让我们把仁慈的煤炭添加在火上吧。把动听的话语，温柔的握手，考虑周到而不自私的行为投向那里吧。用好脾气、耐心和容忍把火扇旺吧。这时候你就可以任由风吹雨打而毫

---

❶普罗米修斯(Promethens)，希腊神话中一位巨神，他从天上盗取火种带给人类。

❷❸狗的名字。

不在乎，因为你的炉火边又温暖又光明；外面虽然乌云满天，但炉火周围的面孔却是阳光灿烂。

亲爱的埃德温和安杰利娜，恐怕你们对爱情的期望太高了。你们以为两颗小小的心就足够在漫长的一生里供养着那厉害的、吞没一切的激情。哎，年轻人呀！莫要把太多的希望寄托在那毫不坚定的摇曳的火光上。它会随着岁月的流逝而日益缩小。你会怀着愤怒和失望眼睁睁地瞧着它渐渐熄灭。每个人似乎都觉得日益冷漠的正是对方。埃德温痛苦地发觉安杰利娜再不带着满面笑容和红晕跑到大门口来迎接他；如今他咳嗽的时候，她也再不哭哭啼啼，用胳膊搂住他的脖子，说没有他，她就活不下去。也许她最多只能建议服用止咳糖浆，即使如此语调也暗示着，相比其他一切，她急于要摆脱的莫过于那咳嗽声了。

可怜的小安杰利娜也悄然流泪，因为埃德温已不再把她的旧手帕随时带在背心里边的衣袋里了。

两人看到对方的负心行为都大为惊诧，可是谁也没看到自己本身的改变。假如看到的话，他们就不会像目前这样痛苦了，他们就会在正确的地点去寻求原因——这是可怜人性的渺小，然后携手来挽回共同的失败，重新在更现实、更持久的基础上建造自己的房子。然而我们对自己的缺点总是茫然无知，而对别人的缺点却了如指掌。我们身边发生的每件事总是别人的过错。只要埃德温没有变得如此古怪和不一样，那么安杰利娜就会继续爱埃德温直到永远、永远。而安杰利娜只要仍旧像他初次崇拜她时的样子,那么埃德温就会永恒地崇拜着安杰利娜。

爱情的明灯熄灭了,你们俩都感到快快不乐,而亲情之火还没点燃,因此你们就得在生活的寒冷的黎明中摸索着去点燃它。但愿上帝允许不要耗费太多的时间就能点燃才好。有很多人呢,只能坐在熄灭的炉火旁哆嗦发抖,直到黑夜来临。

可是,得啦,这样唠唠叨叨说教有什么用呢?一个人觉得血液中奔流着青春的爱情,他难道会想到有一天爱情会变得稀薄,流得缓慢?对一个20岁的青年来说,他到60岁将不会像往日那样爱得发狂,这似乎是不可能的。他回忆不起在他认识的人当中有哪个中年或上年纪的人曾有过疯狂爱恋的征兆,但这也并不能妨碍他相信他自己将会这样。不管谁的爱情遭到失败,他的爱情绝不会失败。从来没有人像他那样痴情颠倒,所以,当然全世界其他人的经验对他的情况就不能起任何指导作用。可悲啊,可悲!30岁还不到,他已经加入了讥笑者的行列。这并不是他的过错。我们的激情,不论是好是坏,都会随着我们停止害臊而停止激动。30多岁这一时期我们就不像青少年那样憎恨呀,伤心呀,欢乐呀,绝望呀。这时失望并不会促使我们想到自杀,而我们喝着成功的美酒也不至于酩酊大醉。

随着年龄的增长，我们看待事物逐渐采用低调的方式。人生的歌剧到最后几幕就没有什么辉煌的乐段了。雄心壮志所追求的目标也没有那么雄伟了。光荣的事业变得比较合情合理，而对现实环境的迁就也成为方便之举。至于爱情呢——已经死亡。“再不崇拜青春的美梦”这一想法不久会像致命的霜冻那样爬进我们的心坎。娇嫩的花蕾和招展的花朵被摘掉而凋谢，那棵渴望用触须接触周围世界的葡萄树只剩下毫无生气的枯萎树干。

公正的朋友会认为所有这些言论都是十足的异端邪说，这一点我明白。这绝非因为一个人长大以后没谈过恋爱，而是因为要到头发全白的时候，他讲这番话人家才认为值得听取。年轻女士们关于男性的概念是从女作家所写的小说里得到的。那种梦魇似的文学里所出现的男人，都是戴着面具的怪物。相比之下，毕达哥拉斯的拔了毛的家禽[1]和弗兰肯斯坦的恶魔[2]都成了普通人的样品了。

在这些所谓的小说中，主要的情人，或令人羡慕地被称为希腊的神——顺便提一句，书中并未说明跟这位先生如此惊人相似的究竟是哪一位“希腊的神”，可能是驼背的伏

❶毕达哥拉斯(Pythagoras)，古希腊哲学家及数学家。“拔了毛的家禽”指对“人”所下的定义。

❷弗兰肯斯坦 (Frankenstein)，英国作家雪莱夫人 (Mary Wollstonecraft Shelly1791—1851)所著同名小说主人公，他创造出一个面目狰狞的恶魔，结果反被其所毁。

尔甘[1]，或前后有两个面孔的伊阿诺斯[2]，或甚至是胡说八道的西勒诺斯[3]——一个深奥莫测的神。但他跟所有这些神都相似，因为他是个恶棍，也许这就是作者用意之所在吧。这些古典原型人物的男子气概都不多，但为了和他们扯平，他绝不认为自己是个年过四十、没精打采、娇里娇气的笨蛋。啊！这个上了年纪的男人对一位少不更事的女学生产生了多么深挚而强烈的感情啊！你们这些年轻的罗密欧[4]和利安得[5]，快把脑袋藏起来吧，那个玩腻了的老色鬼爱起来真有股歇斯底里的狂热劲儿，若要对那傻劲儿加以恰如其分的描写，那么每个名词前面都要加上四个形容词呢。

亲爱的女士们，你们只研读书本，这对我们这些老罪人来说倒也蛮好。假如研究一下人类，你就会明白少年羞羞答答、结结巴巴说的话比我们大胆老脸的花言巧语真实些。少年的爱情来自一颗充实的心，男人的爱情则常来自填饱的肚皮。少年的心一旦被神箭射中，就会有一股奔腾的喷泉涌出，相比之下，男人的缓慢的水流确实不能称为爱情。假如你想品尝爱情，那就请啜饮青年为你倾注在脚下的那纯洁水流

---

❶伏尔甘(Vnlcan)，罗马神话中的火神。

❷伊阿诺斯(Janus)，罗马神话中守护门户的两面神。

❸西勒诺斯(Silenus)，希腊神话中森林诸神的领袖，他是身材矮小，长着马尾、马耳及马腿的满脸胡须的老人。

❹罗密欧(Romeo)，莎士比亚《罗密欧与朱丽叶》中的男主角。

❺利安得(Leander)，古希腊神话，女祭司海洛与青年利安得相爱，每晚利安得游水过河与她相会。一晚他溺水身亡，海洛悲伤万分，也投水自尽。

吧。莫要等到它变成污泥浊水的大河,你才弯下腰去捕捉水中的浪花。

或者,你是不是喜欢河水的苦味?是不是清澈明净的河水尝起来淡而无味?是不是受污染的下游的河水使你嘴唇感到特殊的滋味?有人告诉我们,一个可耻的人的肮脏的手才是年轻姑娘愿意接受爱抚的手,他这话我们必须相信吗?这就是那些黄色封面的蹩脚小说天天大声宣讲的教导。我不知道女士们的这些恶魔助手是否停下来思考过,他们爬进上帝的花园,告诉幼稚的夏娃和愚蠢的亚当,说犯罪是甜美的,而正派行为却是又可笑又庸俗的,他们造成了多大的危害?他们诱使天真的姑娘堕落为坏心眼的女人,难道人数还少吗?他们向意志薄弱的少年指点肮脏的歪门邪道作为通向少女之心的捷径,难道人数还少吗?表面上仿佛他们在如实描绘生活,而实际上却并非如此。如果讲真话,那么正义自然而然就会得到伸张。可是他们那些描绘却是粗劣的、乱涂的东西,是根据病态想象所虚构的、令人作呕的幻影而涂抹的东西。

我们并不想把女人——如她们女性世界所显示的——看作引诱我们走向毁灭的女妖洛拉莱[1]而视为招手引导我们上升的善良天使。她们具有使人干好事或干坏事的力量,这力量比她们梦想的要大。一个人堕入情网正值他性格形成的

---

[1]洛拉莱(Lorelei),德国传说中的女妖,她经常出没莱茵河岩石上,以其美貌及歌声诱惑船夫触礁沉没。

年龄阶段,这时候他所爱的少女就能促使他或阻止他成为某种人。他不知不觉照她所需要的样子来塑造自己,成为好人或坏人。遗憾的是,我必须毫不客气地指出,我认为她们并没有总是运用她们的影响来敦促最高尚事业的完成。女性的世界往往牢牢地束缚在平凡事物的圈子里。她们理想的英雄是个微不足道的王子,而许多有为的青年被爱情所迷醉,为了成为这种人便"不顾生命和价值,不要姓名和名誉"。

可是,女人啊,只要你愿意,你就有能力让我们变得好些。要想把世界向天堂稍推进一步,就要全倚仗你,胜过倚仗所有的传道士。骑士道并没有死亡,只因为无事可做,它正在沉沉酣睡。现在需要你才能唤醒这种精神来完成崇高的事业。你不能辜负骑士对你的崇拜啊。

你必须比我们高尚。红十字骑士投身战斗正是为了尤纳[1]的缘故。没有哪位涂脂抹粉、装腔作势的宫廷贵妇能把巨龙杀掉。啊,漂亮的女士们,不仅容貌要美,思想和灵魂也要美,这一来,勇敢的骑士才会为了你去夺取光荣!啊,女人,把你掩盖自私自利、厚颜无耻和装模作样的伪装抛开一边吧!再次穿上女王的纯洁而素朴的皇袍站出来吧。叫一千支因可鄙的懒惰而生锈的剑脱鞘而出,为着你的荣誉向坏事作斗争。

---

[1]英国诗人斯宾塞(Edmund Spencer1552—1599)的诗体故事《仙后》第一卷中的男女主人公。红十字骑士代表基督教的神圣,他被王后派去消灭一条巨龙,该龙正在尤纳父亲的国土上逞凶肆虐。经过多次冒险和考验,尤纳和骑士结成美满姻缘。

以，那些使我们想在其中看到生存价值的诗人和小说家的作品，在我心灵上留下了不可磨灭的深深印记。结果是，一个时代的文学倾向几乎总是决定着爱情倾向。比如，我们能不承认让-雅克·卢梭曾极大地改变了他所在时代的爱情方式吗？能不承认他对爱情道德有绝对的影响吗？正是他在伟大世纪的作家们开创的朴实无华的爱情时代之后，结束了摄政王[1]倡导的取悦女人的那种恋爱方式的纪元。

无须否认，向法兰西倾注其狂热爱情诗篇的拉马丁把人们的精神扭转向新的使人心醉神迷的夸张的爱。同时代的其他作家中，大仲马[2]以他的作品《安东尼》和他的那些被奉若"新约全书"的其他小说、维尼[3]以他的作品《夏泰尔东》、欧仁·苏[4]以其作品《马蒂尔德》、苏利埃[5]及那么多其他崇尚悲壮和狂妄的热情或崇尚让人心碎的凄戚温情的信徒们，把人们投入到一种疯狂的激情之中。而缪塞[6]在他声色俱佳的诗篇中、雨果在他充满狂飙般英雄之恋的气势磅礴的诗中，又把这种激情变成了一种新的民族气质，这种气质与法兰西人过去陈旧的、不大检点、不专一、情感畏缩的行为方式截然不同。

---

❶摄政王，指在路易十五年幼时摄政的菲利浦·奥尔良大公。
❷大仲马（1802—1870），法国著名小说家，《三剑客》的作者。
❸维尼（1793—1863），法国诗人，小说家，悲剧作家。
❹欧仁·苏（1804—1857），法国小说家。
❺苏利埃（1800—1847），法国小说家，悲剧剧作家。
❻缪塞（1810—1857），法国诗人。

我怀着浓厚的兴趣读了《洛蒂的婚礼》和《北非骑兵的奇迹》，但在读过之后对大西洋彼岸的岛屿或非洲西部海岸并未获得更多的了解。

然而，由罗贝尔·戴博尼埃尔[1]写的一本关于印度的卓越小说《麦依纳的吻》更为确切地把这块神话中的土地展现在我眼前。直到今天，说谎的诗人们和信奉光明教教义的旅游者们都没有这样做过。这次阅读使我增加了对这块神奇土地的强烈好奇心，此后不久的一天，一次偶然的机会使我得到一本讲述一位军官事迹的叙事体小说《在列车底层的印度》，作者是蓬戴维斯·撒布朗伯爵[2]。他丝毫没有做诗的预想，没有文学奢望，而只是以一种有点像巴黎街头流浪的机灵调皮儿童的欢悦活力，以一个毫不做作的军人姿态在菩萨的神秘故土上漫步。

这两本书，一本是细致严肃、善于观察的小说家写的，另一本是肤浅快活、善于观察的士兵写的，它们至今比所有那些颂扬传奇和经过粉饰的景色的歌手们更好地向我们描绘了神秘的印度。

我曾说过，小仲马和弗耶是以其完全不同的气质对我们

[1] 罗贝尔·戴博尼埃尔(生卒年不详)，法国作家。

[2] 蓬戴维斯·撒布朗(生卒年不详)，法国军人。

——我执拗地问一句：你认为是被我拒绝了，对吧？

此前的那天晚上，是怎么搞的？一定是见了鬼了，我们俩人都受到了惩罚。一下子不知说什么了，好像受到语言的愚弄，竟说了些孩子时代难以启齿的话，记得吗？

你的表情突然变得可怕起来，说：身旁的客人总是想吃柿子[1]。我顿时蒙了，回答说：生麦、生米、生鸡蛋[2]。你两眼直钩钩地看着我的眼，说：红信纸、黄信纸、蓝信纸。我越发不知所措，因为我看到你竹子立起来了[3]。你发火了，说：我受不了啦！我结结巴巴地说二东京……专利局[4]。当我好容易说出来之后，便羞得低下了头。

后来，你打电话责备我，说我笑你了，似乎要宣布跟我断绝关系。我确实笑了。不过，你应当十分清楚，一个处于心理上摇摆不定的女人的心。那时，我的身体是在自然地颤抖着的。如果不加以控制，如果我的眼里的微笑，哪怕一点点消失了的话，我就会哭出声来吧。

---

[1]此句话是暗喻男人想要跟女人做爱。
[2]此句话是暗喻感情还未成熟。
[3]此句话是暗喻男人起性。
[4]此句话是暗喻女方在未结婚得到法律保护之前，绝不答应对方性要求。

具的塔利亚，手持青春的金杯的赫柏，她常常变成一个向我展示其自然状态的仙女。我不断地修改我的画；我去掉我的美人的一种魅力，换上另一种。我也更换她的饰物；我向所有国家、所有时代、所有艺术和所有宗教借用饰物。然后，当我完成一幅杰作，我就将我的画和色彩打散；我那唯一的女人就变成许多女人，在她们身上，我分别地将那些我曾集合起来加以崇拜的魅力奉为偶像。

皮格马利翁对他的雕像也没有那么多的爱，因为我的困惑在于取悦我的雕像。我根本不知道如何才能被爱，反倒挥霍起我原本缺乏的东西。我像卡斯托耳[1]和波鲁克斯那样骑上骏马，像阿波罗那样弹起竖琴；马尔斯舞弄起他的兵器也没有那么多的力量和灵巧；小说或历史的英雄，我编造出多少想象的奇遇！摩尔文[2]的女儿们的影子，巴格达和格林纳达的素丹，古老的小城堡里的女主人；亚洲的沐浴、芳香、舞蹈、逸乐，一切都被我用一根魔棒据为己有。

于是来了一位年轻的女王，遍身钻石和鲜花(这一直是我的女气精)；在那不勒斯或迈锡尼的芬芳的海岸，在海浪拍打着的宫殿的长廊里，在恩底弥翁[3]的光亮射入的爱情的天

---

[1]希腊神话人物，与波鲁克斯为兄弟俩，以驯马者和拳斗士闻名。
[2]未详。
[3]希腊神话中的美男子。

白碧达[1]

〔法国〕雨果

……我记得那时我还是个孩子，满面春风而容光焕发的小学生，和我的两个哥哥一起在这荒芜的花园里一片草木葱茏的漫长的幽径上嬉戏，奔跑，叫喊，我最初的岁月就在这修道院古老的围墙内度过，美惠谷阴暗的圆盖就从它的铅顶上俯视着这片园地。

后来，过了四年，我又来到这里，虽然也还是个孩子，但已经喜欢幻想而又充满激情。在这僻静的花园里有个小姑娘。

[1]此章显然是作者一段间接的隐情。雨果为我们描绘的 1812 至 1813 年间和他一起在斐扬蒂纳街住所园子里的正是他未来的妻子。

德里安娜头上，在皎洁的月光照耀下，月桂叶在她金色的头发上闪光。她好像但丁的拉·贝阿特里斯，向在圣土边缘飘泊的诗人微笑。

阿德里安娜舒展她修长的身躯，以优美的姿势同我们道别，然后跑步进入古堡。据说，她是同前法兰西国王有血缘关系的一个世家的后裔，瓦卢瓦[1]的血液在她血管中流动。因为今天是节日，家人允许她参与我们的游戏。我们从此不会再看见她了，因为次日她要返回她寄宿的修道院。

我回到西尔维身边时，看见她在抽泣。我赠给金发女郎的那顶桂冠是她落泪的原因。我说我要为她另外编一个，她说她不配，不要。我徒然地为自己辩白，在我陪送她回家的路上，她一言不发。

为了继续学业重返巴黎的时候，我带着双重的怅惘：一方面是失去的亲切的友情，一方面是模糊的、不可能实现的爱情。这种悲哀是中学的哲学课所无法平息的。

唯有阿德里安娜的形象仍然萦留在我心间，那璀璨和美丽的幻影给我严峻的学习生活带来几分欢愉，或者分担我身上的重负。次年暑假，我得知这位隐约瞥见的丽人遵循她父母的意志出家了。

我的一切都要用这梦幻般的朦胧回忆来解释。我对一位

[1]此处指瓦卢瓦王族，在历史上曾经统治法国。

女伶的模糊无望的爱情[1]——每晚看戏时它攫住我的心灵，直到临睡时才松开——的根源就是对阿德里安娜的怀念。她是皎洁月光下开放的花朵，她是白色雾霭中青草地上漂浮的玫瑰色和金黄色的幽灵。多年来已经忘却的影影绰绰的面孔从此非常清晰地出现在眼前；这是一幅变成肖像的由被流逝的时光所模糊的铅笔速写，就像博物馆中陈列的那些受人赞美的大师们的草图，那灿烂夺目的作品是要到别处去寻觅的。把我对一名修女的爱情寄托在一位女伶身上……而且设想她们是同一个人哩。其中确实有足以令人疯狂的东西！这是一种无法抗拒的魅力，其中的未知数吸引着你，就像那在长满灯心草的一潭死水上面倏忽即逝的磷火……让我们重新回到现实中来吧。

可是，我曾经如此爱恋的西尔维，为什么三年来我把她忘却了？

程依荣　译

[1]内尔瓦尔在巴黎爱上了女演员奥雷利，每晚看她演出，但又不敢向她表白爱情。后来他结识了这位演员，并且带她到瓦卢瓦旅行。但当她得知诗人在自己身上寻求的是阿德里安娜时，愤然离去。诗人后来才知道他寻找的阿德里安娜多年前已经病死在修道院里了。

叫一千个罗兰爵士[1]为了休息而放下长矛，叫惧怕呀、贪婪呀、享乐呀和野心呀统统在你的旗帜下倒在地上。

在恋爱的岁月，我们有什么高贵的事业不准备去完成呢?为了她的缘故,我们有什么高尚的生活不曾经历过呢?我们的爱情成了宗教,我们可以为它献出生命。我们所崇拜的不单是一位跟我们一样的人，还是一位我们表示敬仰的女王,一位我们顶礼膜拜的女神。

我们的崇拜达到多么疯狂的地步啊!这种崇拜又是多么甜美啊！哎,少年呀,青春的爱情美梦持续多久,你就把它珍藏多久吧！不多几时你就会知道小汤姆·穆尔[2]说得多么真切:一生中没有任何事物有它一半这么甜蜜。即使爱情带来痛苦,那也是一种疯狂的、浪漫的痛苦,完全不像悲伤之后的那种木然的、世俗的苦楚。你失去了她——你生命中的光明之火便熄灭了，而世界也在你面前展露出漫长而黑暗的恐怖,即使在此时此刻,你的绝望中仍有一半搀和着陶醉在内。

谁不愿冒风险经受爱情的恐惧去获得爱情的欢乐? 啊，那是什么样的欢乐呀!只消回忆一下就叫人心荡神怡。你对她说你爱她,你为她而活,你愿意为她而死,这时你感到多么幸福、多么欢喜啊!你是多么过于自信,嘴里滔滔不绝地倾吐

[1]罗兰爵士(Sir Roland),罗兰为法国史诗《罗兰之歌》的主人公,以膂力、英勇及骑士精神而闻名。

[2]汤姆·穆尔(Thomas Moor1779—1852),英国诗人。

出多么夸张的胡说，而她呢，假装不信你的话，是多么残忍啊！你面对着她觉得多么惧怕呀！你冒犯了她又觉得多么痛苦呀！你尽管毫不知道自己的错误所在，但受她欺负，求她原谅，倒是多么乐意啊！这个小淘气呀，像往常那样冷冰冰地拒绝你，目的是想瞧瞧你那副可怜的狼狈相，这时世界变得多么黑暗！她满面笑容的时候，世界又是多么光明！你对她身边的每个人怀着多少嫉妒！你多么讨厌跟她握手的每个男人，跟她亲吻的每个女人——以及为她梳头的侍女，为她擦鞋的小厮，被她搂在怀里的小狗——可是对他们你还不得不恭恭敬敬呢。你多么急切地期待着和她见面啊！但是见了她却眼睁睁盯住她，连话也说不出口，显得多么笨啊！白天或夜晚任何时候你出门总会不知不觉最终走到她窗户的对面，不如此是多么不可能呀！你没有足够的勇气登门而入，而只能在街口徘徊逗留，眼睛凝望着屋子外面。啊呀，但愿房子失火才好——那是保了险的，所以失火并不要紧——你可以冲进房子，冒着生命危险去抢救她，而自己却烧成重伤！任何事你都可以为她效力卖命，即使做些琐碎细事你也觉得甜滋滋的。你多么像条小狗仰望着她，预期着她露出任何细小的愿望啊！替她跑腿，你感到多么骄傲！听从她使唤是一件多么赏心的乐事！把整个生命奉献给她，而从不想到自己，似乎是非常简单的事。每逢假日你都要到她神龛前谦卑地献上礼物，她只要肯屈尊接受，你就觉得比得到的回报还多。每件事物经她手一摸就变成神圣的东西，对你是何等宝贵——小手套啦、戴过的发带啦、插在头发里的玫瑰花啦，那些凋谢的花瓣仍标志着你写的诗，不过如今你已不屑一顾了。

啊，她是多么美丽，妙不可言的美丽！就像天使走进了屋里，其他一切都变得平淡而俗气。她显得太神圣，不能用手去触摸。定睛凝视她似乎已近于放肆行为。你要是想到大教堂里唱起滑稽歌曲，那么你就会马上想到要亲吻她。如果跪下来，怯生生地把她玲珑小巧的手举起放在唇边，那就是亵渎神灵了。

啊呀，在那些愚蠢的日子里，那些犯傻的日子里，我们一点不自私，心地也纯洁；在那些犯傻的日子里，我们纯洁的心里充满着真理、真诚和虔诚！啊呀，在那些愚蠢的日子里，曾有过多少崇高的渴望和高尚的努力！哎，如今呢，在这些充满智慧聪明的日子里，我们明白了金钱才是值得奋斗的唯一目标。我们什么也不相信，只相信卑鄙和谎言。我们再不关心旁人，只关心我们自己！

沙铭瑶　译

轻率[1]

〔英国〕伍尔芙

谈论“爱”总归是有失谨慎，但爱却无往不利，渗透进我们所有的言谈交流！乘坐公共汽车，我们喜欢上了售票员；在商店里我们觉得年轻的女店员可亲或可恶；在所有的往来和日常活动中，我们都一路滋生着喜好或憎恶，全天的日程都沾染着、浸透着爱。在读书时也必是如此。批评家或许能抽象出作品的本质并毫不动情地享用它，但对于我们这些人来说，每本书中都总有一些东西——性别、人物或性情——它们像在生活中的实物一样引起我们的爱与恨；像在生活中一样，影响我们，左右我们；而且，也像在生活中一样，很难用理

---

[1]此文原刊于 1924 年 11 月号《时尚》(vogue)杂志，它表现了伍尔芙的文章活泼轻快的一面。

智对此加以分析。

乔治·爱略特是个很好的例子。据说她的声誉正在衰退。她的声誉又怎能不衰退呢？她那长鼻子，她那小眼睛以及她笨重的马脸从印刷的书页后浮现，令男性批评家们心神不爽。他不得不称赞，可实在没法去爱。不论他怎样严格地绝对地信奉艺术与作者个人无关的原则，当他分析她的才华、揭露她的意图和说辞时，在他的话音里，在教科书和文章里，仍不知不觉流露出他的感受：他可不希望给自己倒茶的是乔治·爱略特。另一方面，简·奥斯丁却在倒茶，从最贞洁的罐里倒进最精美的杯中，一边倒茶，一边微笑，既在魅惑，又在欣赏，优美高雅，温文客气——这一点也钻进英国文学批评的严苛文字中了。

不过，既然现在妇女不仅读书，也涂鸦般地记下自己的见解，或许也该追究一下她们的偏爱；书页中的诱因引起她们的个人好恶，这些本能的反应后来被压制了，对此也应追究一下。这里，性的引力和斥力自然是最重要的。您能听见它们哔剥作响，给淡而无味的周刊平添不少生动亲切之处。在更高的领域里此类不纯成分乃是为虎添翼，使思想在高飞时更疾速，也不免更随意。读书前有必要调整一下思想感情。此处第一个闪入脑海的名字是拜伦。不过，没有哪个女人爱过拜伦，她们遵从传统，按照吩咐行事，该疯该恼都有定规。拜伦单调乏味，自我中心，故作姿态，他高高在上的态度令人不堪忍受，又虚荣得无法形容，看去像理发师用来置放假发的木桩，是恶汉和巴儿狗的混合物，在感伤的连篇蠢话的蒸汽中忽而威风凛凛，忽而飘移游动，他的性格是文学史中最不讨人喜欢的。不足为奇，所有的男士都喜爱他。在他们中间拜伦魅力十足，才华出众而又勇敢无畏，活跃时髦而又擅长讥讽，平平常常而又出类拔萃；总之，是女人的征服者和英雄的好伙伴——代表了男性强者自认为具备的以及他们中的弱者所羡慕的一切。但是，要想爱拜伦，要想充分地赏识他的书信和《唐璜》，首先得是个男人；如果是另一个性别的人，就会掩饰这种喜爱。

对济慈就用不着这样伪装掩饰了。不错，提到济慈的名字时须带几分畏怯，否则，想到他这样一个被赋予了人所能有的最希罕的品格的人——一个拥有天才、感性、尊严和智慧的人，不免会使我们智昏心迷，只知一味赞颂。如果能有一个男人被两性一致推崇，此人当是济慈。面对他，我们纷纭的个人倾向都趋于统一。不过这里也有个障碍；有个范妮·布朗❶。济慈抱怨说，她在汉普斯特德跳舞跳得太多了。这时天神般的诗人举止有点专制，他照那个时代的大丈夫做派把意中人看作是天使和美丽的鹦鹉。若由姑娘们组成陪审团，她们的判决一定有利于范妮。济慈曾监管他妹妹的教育并塑造了她的性格。

❶范妮·布朗为济慈始终爱慕的女友。

在妹妹面前他显示出他“如果大任加身，将表明自己最有王者风度”。济慈的女性读者们必须自视是姐妹；她们对华兹华斯也应怀有姐妹情谊。华兹华斯不该结婚。丁尼生应娶个妻子。而夏洛蒂·勃朗特则根本不该嫁给她的那个尼科尔先生。

若想占个有利位置好好观察研究萨缪尔·约翰生[1]就得瞻前顾后了。他常常把桌布撕成碎条；他既严厉苛刻又多情善感；他对女人很粗暴，但同时又全心全意、毕恭毕敬、无比虔诚地崇拜她们。不论是他猛烈抨击过的斯雷尔太太[2]，还是曾坐在他膝上的漂亮年轻姑娘都丝毫不值得羡慕。她们的处境都如履薄冰。不过，有些年纪不轻的健壮的卖火柴卖苹果的女人，一些为自己赢得了一份经济自立的老奋斗者倒常常能得到他的同情。雨夜里站在斯特兰德街区的小摊前的女人有可能转弯抹角得到效劳的机会，为他洗涮茶杯，从而享受女人所能得到的最大的福祉。

不过，这些例子都还是简单分明的，男人始终被看作是男人，女人写作时也仍然是女人。他们直接地、正常地发挥着本性别的影响。然而有一类人则一向游离于此类瓜葛之外。弥尔顿是他们的首领，和他一道的还有兰多[3]，萨福，托马斯·

---

❶萨缪尔·约翰生(1709—1784)，英国文学评论家、诗人。

❷海斯特·L.斯雷尔(1741—1821)，于1763年迫于父母之命嫁给亨利·斯雷尔，夫家为富有的酒商。她是当时有名的文化沙龙女主人，和约翰生博士过从甚多。

❸瓦·萨·兰多(1775—1864)，英国诗人兼散文作家。

布朗爵士[1]，马韦尔[2]等。不论他们是女权主义者还是反女权者，是热情还是冷漠，也不论他们的私生活中有怎样的浪漫情史或冒险经历，这些丝毫都不会和他们的作品沾上边。他们的作品是纯粹的、无沾染的，像人们所说的天使那样无性别可言。但是千万不可因此将这些人和另一类有同样特点的作家混淆起来。请问，爱默生、马修·阿诺德[3]、哈丽特·马蒂诺[4]、罗斯金以及玛丽亚·艾孜沃斯[5]的作品属于哪个性别？在这里这个问题无关紧要。当他们写作时，他们不是男人，也不是女人。他们诉诸灵魂中那一大片无性别的界域；他们不引发激情；他们给人教诲，助人提高、改进，不论男女都可从他们的文字中得益，而不必让愚蠢的情爱或同志的热狂冲昏头脑。

然后，我们不可避免地来到深闺，当我们走近幕帷、瞥见女人的倩影并听到荡漾的笑声和片断的话语时，不由得微微发抖。妇女之间的关系仍部分地掩盖在暧昧之中。一百年以前事情是明了的，她们是行星，只有在男人的阳光下才能闪

---

[1]托马斯·布朗爵士(1605—1682)，本业为医生，著有《医生的宗教》(1643)等。

[2]安德鲁·马韦尔(1621—1668)，著名的英国诗人。

[3]马修·阿诺德(1822—1888)，英国诗人、评论家。

[4]哈·马蒂诺(1802—1876)，英国女作家。

[5]玛·艾孜沃斯(1768—1849)，著名女作家，其父为爱尔兰地主。其小说中最著名的是描写爱尔兰地主的《剥削世家》(1800)。

亮；没有了男人，她们就消损为非物，彼此轻蔑，掐斗，嫉妒——男人们作如是说。不过，必须承认，现在的情况就不那么令人满意了。爱与憎在这里也表现了出来，而且你不再敢肯定妇女读别的女人写的书时心中荡起的一准是嫉妒。更可能的是，艾米莉·勃朗特唤起了她青春的热忱，她甚至忐忑不宁地喜爱夏洛蒂，对安恩[1]则抱着宁谧的姊妹情谊。盖斯凯尔夫人[2]对女性读者有一种母性的影响力，她聪颖，机智，心胸开阔，读者热爱她有如崇拜最可敬的母亲；而乔治·爱略特却是个姑妈，一个无与伦比的姑妈。如果这样对待她，她就会扔开赫伯特·斯宾塞[3]加诸她的男人装备，沉溺于回忆之中，滔滔地倾诉——无疑带一点乡村口音——她年轻时的切身经验，以及她那伟大的、深刻的心灵。对简·奥斯丁我们不能不倾心，但她却不需要我们钟情，她什么都不需要。我们的爱不过是副产品，是无关痛痒之事；不论有这一重爱的云雾或没有，她的月亮都将一样地清辉照耀。至于说那些外国人，有人说没法爱他们；如果并非如此，我们一定会属意德·塞维尼夫人[4]。

不过，和整个文学史中某一个或至多两个英名所唤起的

---

❶此句中提到的是勃朗特三姐妹。

❷盖斯凯尔夫人(1810—1865)，英国女小说家，代表作为《玛丽·巴顿》，《北与南》等。

❸赫·斯宾塞(1820—1903)，英国思想家，实证主义的创始人。

❹德·塞维尼夫人(1626—1696)，法国散文作家。

伟大的挚爱相比，所有这些私心偏好，所有为了和他人更契合而做的这些思想上的调节和尝试都不免显得苍白无力，有如一夏的调情无法和终生不渝的爱相提并论。莎士比亚我们就不必说了。原野上篱笆上的轻捷的小鸟、蜥蜴、地鼠和山鼠并不为了感谢太阳带来的温暖而停止跳跃和嬉戏，我们也不必因来源于莎翁的文学光辉而去赞美他。不过还有一些别的比较隐蔽、比较边缘、比较不那么引人注意的名字。有一位诗人，他对女人的爱布满荆棘；他忽而狂呼忽而诅咒，忽而凶猛忽而温存；忽而热情洋溢忽而口出秽言。正是他晦涩的思想中有些东西使我们迷恋不舍，他怒火灼人，却也能感染激发。在他的浓密的荆棘丛中可窥到最高的天堂之境，可窥到狂喜以及纯粹的、没有一丝风息的宁静。不论是他年轻时用细长的中国式眼睛凝视那既使他动心、又令他厌恶的世界，还是他面颊塌陷、颧骨突立，裹在包尸布里，受尽苦痛后死在圣保罗教堂，我们都不能不爱约翰·邓恩[1]。同他相连的还有一位截然不同的人——高大，跛足，思想单纯；他草草炮制了无数的小说，但其中没有一句话粗暴、隐晦或不合体统。他是一位热爱哥特式建筑的有田产的绅士，如果他活到今天，必定会支持他的国家里的所有最可恨的制度和机构，但却仍然不失

[1]约·邓恩(1572—1631)，著名的英国诗人，“玄学派诗歌”代表人物。他一生经历极丰富多彩，最后于1621年出任伦敦圣保罗大教堂教长。

为一位伟大的作家。凡是读过瓦尔特·司各特[1]的传记、日记和小说的女人，没有哪一个不神魂颠倒地爱上他。

黄梅　译

[1]瓦·司各特(1771—1832)，英国作家，以其历史小说闻名于世。

书籍中和生活中的爱情

〔法国〕莫泊桑

我们通常是在书中获得爱情的知识。正是通过书，我们才开始有了爱情的冲动。书向我们揭示了充满诗情画意和激动人心或像浅淡的月光一样迷惘空幻的爱。在青春起始时从书中得到关于爱的感受往往会一直保留到我们生命终结的那一刻！而后，我们把从最初的阅读中学到的观察和做人的方式携带到会友、交往和亲密的表示之中，而无需处世经验赋予我们关于事物的确切概念、教会我们准确评价爱情关系以及它使我们悟彻现实以后所带来的败兴。

有一天一位年轻的女士说："在爱情上，我们全像是一生都在更换住处而又没有意识到新住处的房客，因为他们总是把自己的家具和陈设方式从一处寓所带到另一处寓所。"所以，那些使我们想在其中看到生存价值的诗人和小说家的作品，在我心灵上留下了不可磨灭的深深印记。结果是，一个时代的文学倾向几乎总是决定着爱情倾向。比如，我们能不承认让-雅克·卢梭曾极大地改变了他所在时代的爱情方式吗？能不承认他对爱情道德有绝对的影响吗？正是他在伟大世纪的作家们开创的朴实无华的爱情时代之后，结束了摄政王❶倡导的取悦女人的那种恋爱方式的纪元。

无须否认，向法兰西倾注其狂热爱情诗篇的拉马丁把人们的精神扭转向新的使人心醉神迷的夸张的爱。同时代的其他作家中，大仲马❷以他的作品《安东尼》和他的那些被奉若"新约全书"的其他小说、维尼❸以他的作品《夏泰尔东》、欧仁·苏❹以其作品《马蒂尔德》、苏利埃❺及那么多其他崇尚悲壮和狂妄的热情或崇尚让人心碎的凄戚温情的信徒们，把人们投入到一种疯狂的激情之中。而缪塞❻在他声色俱佳的诗篇中、雨果在他充满狂飙般英雄之恋的气势磅礴的诗中，又把这种激情变成了一种新的民族气质，这种气质与法兰西人过去陈旧的、不大检点、不专一、情感畏缩的行为方式截然不同。

---

❶摄政王，指在路易十五年幼时摄政的菲利浦·奥尔良大公。
❷大仲马(1802—1870)，法国著名小说家，《三剑客》的作者。
❸维尼(1793—1863)，法国诗人，小说家，悲剧作家。
❹欧仁·苏(1804—1857)，法国小说家。
❺苏利埃(1800—1847)，法国小说家，悲剧剧作家。
❻缪塞(1810—1857)，法国诗人。

可以肯定，在法国的平民阶层和整个社会当中，人们在用卢梭的、拉马丁的、大仲马和缪塞等人的方式去爱。同样可以肯定，在十五或二十年前还年轻、今天已经成熟的这一代人，依其所处的境遇，按照当今作家大仲马之子——小仲马[1]或者弗耶赋予他们的方式爱过并且还在用这种方式去爱。我觉得与这两位作家同时代或在他们身后似乎没有人在法国对爱情道德产生过真正的影响。

总的说，当今文学在把他们的影响扩展到道德伦理本性上时，为我们去掉了喜欢做多情梦幻的习惯，而把人类之爱只看作是病理状态和本能的正常意外状态。因此，我们这些习惯于在为我们展示生活的几乎是原本面貌的书中接受准确的现实的人，在新的小说中一旦发觉一点童年时代难得的讨人喜欢的非现实，必然会感到有些小小的意外。

皮埃尔·洛蒂[2]最近的一本名为《冰岛渔民》的书，给我们一种令人怜悯、亲切、有魅力但不准确的色调。通过与我们已经习惯了的使人粗俗和毫无吸引力的观察做随意的比较，这种色调就构成他巨大成就的一部分。

这里毫不涉及评论，也与文学见解无关。在艺术上，各种流派完全是可以被允许的，所有倾向同样都有其存在的理

---

❶小仲马(1824—1895)，法国著名剧作家，《茶花女》的作者。
❷皮埃尔·洛蒂(1850—1923)，法国海军军官，小说家。

由,而只有才华才是重要的。所以,洛蒂先生的才华是伟大的,他的吸引力十分难以捉摸同时又很强有力。他的观察完全是个人的并且很原始,他以艺术家的性格所做观察的正确性无可非议;但是,在他身上我们绝对可以进行争论的,是他的爱情心理的真实性;他是属于爱施展情感魔力的那种人的创作流派。

透过我们目不尽收的大西洋上的薄雾,小说首先向我们托出一座值得崇拜的爱情之岛,而且作者和书中人物一起再现了《保罗和维吉尼》这首诗[1]。我们并未寻思过他对我们叙述的那么迷人的传奇故事是否确实,他是否是从这个国度回来的人;而我们天真地想过在那方土地上,人们就是像这样去爱恋的。我们也自然地想象到往昔在我们国家中的人们爱起来比今天有更多的冲动。

此后,洛蒂又以狡黠的诱惑力向我们讲述了一个北非骑兵和一个娇巧可爱的女黑奴的爱情故事。出现在我们面前的士兵是继续用诗化的手法构思的人物;而那位娇小的黑女人,是如此美丽、古怪、令人羡慕,如此奇特和具有恰到好处的美感,以致她立即吸引了我们,并把我们逮住了。

我们同样伫立在作者离奇的风景面前,这些美景如同仙境中朦胧依稀的地平线,又像梦幻中的梦境。

---

[1]《保罗和维吉尼》(PAUL ET VIRGINIE),一部描写大自然的田园诗。

然后，他以《我的兄弟伊夫》一书向我们叙述了布列塔尼。

因此，任何一位眼光明亮和洞察力强的观察者，都会产生种种怀疑。布列塔尼离我们太近了，我们并非一点不了解它，也并非未曾见过那些勇敢善良但身上残留着兽性以致我们常把他们看作是介乎于人兽之间的布列塔尼农民。当我们看到被叫做村落的这些脏乱的地方，这些在肥料堆当中冒出来，并且人和猪乱糟糟地混居其中的茅草屋；看到为了在泥中行走方便而裸着腿的居民和污物一直浸沾到膝盖的少女们的大腿；当我们看见这些农民的头发和走在路上时嗅到他们身上的体味之后，我们就会在洛蒂先生向我们讲述的福罗利昂的风景和装饰着玫瑰花环的小茅屋以及和蔼可亲的乡俗面前瞠目结舌。

现在，洛蒂向我们讲述海员们的爱情了。那种把一切都理想化到直至使人难以置信的意愿表露得愈益明显。我们现在已经进入到贝尔甘当地的爱情之中，进入到农民特有的感伤之中和桑夫人[1]田园诗的激情之中。

不过，这些还是有吸引力，并且是感动人心的。但它是用太表面的文学效果、太明显的脱离实际、太随意的同情吸引并感动我们，而不是用真实、用严酷和使人心碎的现实倾倒

[1]桑夫人：指法国作家乔治·桑。

我们的心——洛蒂先生是在用矫揉造作使我们动心。

今天,我们的思想贪图真正的表面现象。尽管在这些海员们漂亮的神话面前受到引诱却依然不轻信。可是一旦远离我们熟悉的海岸,作家立即重新获得富有诱惑和令人信服的威力。我们不知道还有什么比大海、捕捞、在波涛上颠摇的单调而艰苦的生活景象,还有比对已变成像神奇的幻象那样朴素现实的追忆更能紧扣人心弦的了。在阅读《我的兄弟伊夫》一书时,会联想到在极冷的海面上,一条在晨曦中若隐若现使人惊奇的捕鲸船,那是一艘大船,也是一座坟墓,船的周围满是鲸鱼残骸,船上是来自各国的海盗。

当把这些书与气质不同的其他人写的同类作品比较,就会看到这种连续诗化的手段正变得表面化。单就风景而言,它们在洛蒂先生的作品中相对地讲比他描写的人物们更为真实,但仍然给我们一种由喜欢空想的诗人所看到的事物的感受。我尽量避免非难他这种才华,但如果我把他诗意盎然并如仙似画的意境与为我们描绘出拉古阿之路和大沙漠的法国当代著名画家弗罗芒坦[1]的作品中包含的惊人准确但也极富诗意的意境相比较的话,我不禁要指出:作为艺术家,只要真挚诚恳就够了,没有任何诗化能具有真实性的那种感人的力量。

---

❶弗罗芒坦(1820—1876),法国画家。

我怀着浓厚的兴趣读了《洛蒂的婚礼》和《北非骑兵的奇迹》，但在读过之后对大西洋彼岸的岛屿或非洲西部海岸并未获得更多的了解。

然而，由罗贝尔·戴博尼埃尔[1]写的一本关于印度的卓越小说《麦侬纳的吻》更为确切地把这块神话中的土地展现在我眼前。直到今天，说谎的诗人们和信奉光明教教义的旅游者们都没有这样做过。这次阅读使我增加了对这块神奇土地的强烈好奇心，此后不久的一天，一次偶然的机会使我得到一本讲述一位军官事迹的叙事体小说《在列车底层的印度》，作者是蓬戴维斯·撒布朗伯爵[2]。他丝毫没有做诗的预想，没有文学奢望，而只是以一种有点像巴黎街头流浪的机灵调皮儿童的欢悦活力，以一个毫不做作的军人姿态在菩萨的神秘故土上漫步。

这两本书，一本是细致严肃、善于观察的小说家写的，另一本是肤浅快活、善于观察的士兵写的，它们至今比所有那些颂扬传奇和经过粉饰的景色的歌手们更好地向我们描绘了神秘的印度。

我曾说过，小仲马和弗耶是以其完全不同的气质对我们

---

❶罗贝尔·戴博尼埃尔(生卒年不详)，法国作家。

❷蓬戴维斯·撒布朗(生卒年不详)，法国军人。

国家的爱情道德观有影响的唯一健在的两位作家。

只要向作家群和整个社会投去一瞥，就足以使我们对此产生自信。

以往，诗人们曾确定了一种爱的方式。

在这些诗人中我们仅仅引述两位：拉马丁和缪塞。

当今哪位诗人可以在妇女的心灵中唤起激情或温情的幻想？是不是令人赞赏、无可指摘和沉着镇定的艺术家利尔[1]？——不是。

是不是诗人中最机智灵活的邦维尔[2]？也不是。那么是在写诗时梦想科学的普律多姆[3]？仍然不是。

让我们在散文家中寻找一下。是不是埃德蒙·戴·龚古尔？他是一位对繁琐字句精雕细刻的作家、复杂得令人不可思议的熟练的艺术家，但也是一位不肯让人的观察家——他扰动少女们怦然跳动的心并和她们说："人就是这样去爱，人就应该这样去爱。"

是不是离奇地能干和唐突、向不安和犹豫的妇女们描述出理想爱情之路的天才左拉？

是不是更温和机智、很少外露严酷，但其嘲讽是在故意褒扬后面显露出来的都德？

---

❶利尔(1818—1894)，法国诗人。
❷邦维尔(1823—1891)，法国诗人。
❸普律多姆(1839—1907)，法国诗人。

在今天这些写家当中，没有一位能使他们的读者在心中流动这种酝酿和引发恋情的不可言喻的东西。我们可以说，也可以肯定，爱情在法国年轻人当中已不复存在。

狂热的神经官能——这个种种痴情和兴奋的本源，在分析能力和科学思想的侵袭面前荡然无存；而女人们，由于比男人们所受感染更深，因而心神不定，她们受一种特殊的苦恼、一种纠缠不清的焦虑，说到底是受在爱情上无能为力的煎熬。

她们越是属于这个社会，她们就越有一种有教养的思想和观察生活的双眼，这种奇特的新的病症在她们身上就越发有所表现。普通的人、天真幼稚的人和简单淳朴的人在这方面，还能把这股火焰和人们称之为爱情的这种令人神魂颠倒的能力维持几年。另一些人感觉到了她们的痛苦所在，她们在斗争，力图战胜它，但最终也由于达不到目的而听天由命或接受昙花一现的恋情。

三四十年前诗人们所讴歌、小说家所讲述过的与这种不可抵御的冲动相似的情感，已经烟消云散了。没有了悲剧，没有了私奔，也没有了紧摄着双方、把一个人投向另一个人的怀抱、使他们充满无可名状的喜悦心情的那种令人陶醉的场景了。

我们现在看到一些妖艳的、烦恼的、因麻木不仁感到苦痛的妇女，她们因厌倦、放纵、游手好闲而自暴自弃；另外一些人仅仅由于失望而保持了理智；还有一些人自己欺骗自己，耽于对往事回忆的兴奋之中但却又不相信这些往事，她们讲不清楚她们的母亲当年曾和她们说过的那些灼热的话语。

我们现在看到的两性结合，安排得像公证证书一样，他们结合的日期、钟点、意外事件直至人们能猜想到的何时断绝关系，全部规定出来了。现在，人们占有爱情像是在歌剧院中占据一个包厢，因为它一周被占用两个晚上，因为它便于离脱，因为它可以无冬论夏地提供消遣，更因为它使得与女服装店业主的关系更为熟络愉快。

如果我们偶尔在社会上听人谈论一个妇女，说她疯狂地爱上了X先生或是T先生，不必和这位妇女谋面，我们就可以确信她的年龄已超过四十岁！

王观群　译

爱 情(节选)

〔俄罗斯〕左琴科

一

当死神这老婆子悄悄走到我床头，说了声“啊哈！”就要把宝贵的和至今是那么可爱的生命夺走的时候，我们无奈只好抛弃一切；而在被抛弃的一切中，有一种感情大概是我们最遗憾的和最舍不得的。

二

照我想，大自然的慷慨之手恩赐给我们的所有美好事物和感情中，最可惜最悲惨的，大概莫过于与爱情诀别。

用诗歌里的比喻说，在告别这个世界的时候，我们受折磨的心灵会颤颤发抖，呻吟哀告，低三下四地追求再宽容几天，说什么自己还没有看到可以看到的一切，还有什么东西该看一看。

但这是瞎说，是胡扯。他全都看到了。这是一种无聊的保留条件，只能说明我们的感情和愿望有多强烈而已，而没有别的。

三

当然，此外也有特别值得尊重的情况和感情。出于这些情况和感情，我们在离开人世的时候也会痛苦叹惜的。

比方说，再也听不到教堂的钟声和交响乐了，再也不能乘船观赏海景，再也不能到花香四溢的树林子里去了。对我们来说，无疑会感到惋惜。将丢下我们光荣的工作，不能再躺在海边休歇，真是令人太伤心了。

对，所有这一切都十分美好。告别人世的时候，我们对这些当然都感到惋惜。但令我们特别特别伤心落泪的，还是因为舍不得爱情。当我们同这种感情分手的时候，大概整个世界都会在我们眼里变得暗淡无光，我们觉得它毫无意义，淡漠无情，不过是过眼烟云罢了。

有一位诗人是这样说的：

爱情美化着生活，
它是大自然的诱惑……
我心中坚决相信，
什么也代替不了爱情。

大家看到，法国诗人缪塞说了，同爱情相比，任何东西都是微不足道的。但他当然部分地错了。他当然是稍稍有点说过了头。

四

可是也别忘了，这些话是位法国人说的，也就是说，讲这些话的是一个天生感情极丰富的人。请大家原谅，在这方面，一个色鬼过于冲动的时候显然天知道他会唐突地说出什么话来。

啊，听人家讲，他们法国人在巴黎黄昏时候一到了街心花园或林荫道上，除了他们称作“母鸡”的各种小美人儿外，其余的一切就绝对啥也看不清了。瞧他们都是怎样的一些女性美和女性优雅的追逐者！

这么说，我们有理由把那些诗句里包含的美好炽热之情稍稍压低点。

五

现在,请诸位看看俄国诗人。同炽热的法国式聪慧才智相比,俄国诗人也不差,而且甚至更丰富。俄国诗歌里不仅有爱情,甚至还有热恋呢。瞧我们发现有个诗人写得美妙出奇的诗句:

啊,热恋,你比命运更严厉,
比父辈古老的法则更绝对……
你比吹响的军号更美更甜蜜。

因此可以得出结论:我们这位很出名的诗人认为这种感情仿佛比地球上的一切都高尚,甚至连刑法条款、父亲或母亲的嘱咐,都没法与它相比。一句话,照他那么讲,在他心目中是爱情高于一切,同爱情相比,一切都算不了什么。诗人在这里甚至暗示,对他来说,好像连响应号召服兵役也算不了什么。总的说,看样子诗人在自己的头脑里显然还有隐私。拿军号作比喻表示一下,马上又缩回去了。看来,他当时是耍了花招,逃避了服兵役,不然的话,干吗要用这种比喻呢。

在这个意义上,换成散文就清楚多了。在散文里,不可能有这种模棱两可的比喻。那里头,全都得明明白白。不过,正如大家所看到的那样，诗也是可以解释清楚的。

六

在另一位俄国诗人的作品中，我们找到了同样有力的诗句。

应当声明，这位诗人的家给一场大火烧了，他就是在那里出生的，而且在那里度过了自己美好的童年。大家瞧瞧，这位诗人遭了火灾后拿什么来自慰，倒是很有意思的。

他是这样说的。他把这事写进了诗里。瞧他写的：

童年时代的全部欢乐，
已连同房子化为灰烬。
我真希望自己死掉，
而且已经拖步到河边。
谁的小船划破水中的月影，
是一位女郎过来了。
啊，只要她喜欢，
只要月牙儿应允，
我将在她神秘的心坎，
重盖一幢新的楼房。

以及等等，等等，类似这样的东西。

七

也就是说，如果把高贵的诗歌自由地翻译成大众化的散文语言，多多少少可以理解成这样：诗人已经到了痛不欲生的地步，已经想往水里一跳了事，但在这最危急的时刻，他忽然看见有位正荡着小船的美妙女子。于是他便一见钟情，立刻爱上了她；这种爱情可以说弥补了无法估量的痛苦，以至于他暂时不打算去寻找新的栖身之所了。再说从诗里看，诗人看样子好像随随便便就想到这位太太家去了。可不是吗，瞧他含含糊糊所说的，假如这位太太愿意，假如月亮以及房管所也许可，他还想上夫人家里再搭个小屋什么的。

只是月亮，那是诗人为了加深读者对诗歌的印象胡扯上的。月亮在这里可以说关系不大。至于说到房管所，当然不能允许他这么干，即便是小船上那位夫人本人愿意也不行，因为两位相爱的人还没有登记，而且一般说，他们也许会在那儿搞什么见不得人的勾当。

八

我不知道，也许是我们经历过两次战争炮火的大兵脑袋，不完全懂得最纤细最温柔的诗句、感情中所包涵的那种富有诗意的复杂性。但我敢大致这么想，只要对生活稍有些知识和稍稍懂得点人们迫切需求的人，都知道生活并不是沿着鲜花般美好的诗歌航道前进的。

说得简单点，诗人在这里把爱情看成是最崇高的感情，除去某些轻率的成分外，认为它能代替一个人最最迫切的需求，直到甚至像宿舍住房这样的事。这么一来，我们只好把最终的信念完全留给诗人的良心了。

但当然，不只是三位热情的诗人有这种看法。

所有其余的诗人也同样，他们就像通常所说的，甚至还拨弄最动人的七弦琴，唱着甚至比那些更加令人吃惊和不知羞耻的爱情歌词。

九

阿普赫津的作品，就使人想起某种类似的东西：

求新欢，心灵复活了，
啦—啦—啦，啦—啦……
亲爱神圣的人儿心中的一切……
啦—啦—啦……

而且，这还远不是一个十八岁的孩子写的。这可是一位已经发福而在私生活方面十分不幸的大叔写的，他举止庄重，都快四十八九了。不过你们看到，他同样认为在产生爱情之前，自己心里的一切都好像是僵死的和没有生命一样。

瞧，还有更加疯狂的诗句：

什么叫爱情？爱情啊？爱情啊！
这是太阳在血液中，这是血液在燃烧……
这是什么东西？是啊，真是鬼知道……
这是重新得到天堂般的帐幔。
死神统治着世界，而统治死神的是爱情。

十

这里甚至连法国诗歌都深感自愧不如。在法国诗人那里，可以说还没有像这些诗句中所包含的那种疯狂挑逗、进攻劲儿，而这是一位俄国女诗人写的。她生活在本世纪初，据说是位相当有意思的女性，至少，她有很大的诗歌热情。总之，可见这位太太写这首诗的时候，简直浑身都在哆嗦。这东西与其说是诗，倒不如说更多是她的个人经历。那位可怜的丈夫大概还深受感动。……看样子，她很任性，什么事也不干。大概成天脸都不洗地赖在床上，一个劲儿地大声朗读着自己的这些诗；而那个傻瓜丈夫就坐在她身边，连连称赞说："啊，这真了不起，心肝宝贝，天才！"而她则说："是吗？……"

真是些傻家伙！后来她被逐走了，两个人都死了。她好像是患肺病死的，他也是，想必是给传染了。

十一

这里，许多怀疑论者、科学家和迂腐学究，因为各自埋头于各个领域的科学研究，心灵已经麻木不仁。他们读了这些诗，无疑会耸耸肩膀说：这一定是那些心肠过热、灵魂放荡、世界观堕落和奢欲太大的人的想法。

关于爱情这样的事儿，居然存在着这种看法，有这样的诗，能说出这样的话，他们一定会大吃一惊。所有这一切，他们真是连听都没有听到过，甚至会觉得发表类似的东西简直是不能允许的事。

事情也许是这样，我们这里有这样的诗，这是怪事。可是你们瞧，不久前我们得到一部散文作品。它的作者是位歌手：费多尔·伊凡诺维奇·夏里亚宾。

在这部作品里，他完全坦率地承认自己一生中所做的一切，主要是为了爱情和女人。瞧那些富有诗人气质的人，还真是这样看待爱情的呢。

十二

至于那些头脑清醒、审慎的人，那些用自己丰富的智慧之光去照亮生活最隐秘、最复杂的现象的哲学家和各种思想家，他们总的说是很少谈论爱情的。不过有时，他们当然也考虑到这种感情，暗自笑笑，甚至偶尔还说出几句类似处世秘诀的至理名言。

在最多愁善感的格言警句中，如果诸位想听，我们可以举出叔本华的话。此人是世界上最阴郁的哲学家之一。

这位阴郁哲学家的妻子，无疑总也不忠于自己的丈夫。他对爱情说过这样的话：

> 爱情——这是对待生活的一种盲目的意志。它用个人幸福的幻影诱惑人，使人变成实现自己目标的手段。

十三

从最傻里傻气的古训中，可以举出这样的：

> 爱情是一种天意。

最富有诗意的格言，有：

任何时候也不能打女人，哪怕用鲜花打也不行。

最清醒而带唯心主义倾向的格言，有：

爱情出之于相爱者的门当户对。

柏拉图是位有点名气的哲学家，他甚至提出这样一条定理：

爱情的实质，在于把可能大相对立的双方完全加以区别。❶

在最为正确的格言中，可以举出我们最光辉的诗人和哲

❶很有意思，柏拉图后来放弃了这种观点。在著名的《理想国》一书中，柏拉图提出这样的设想："女人应当在二十至四十岁的年纪'给国家生孩子'，男人在三十至五十五岁能'为国家创造出力'。最最坚强有力的人应当和最最坚强有力的人同居。弱者则同弱者同居，给前者生的孩子以教育，凡后者生的则把他们抛弃。"假如把这个荒唐的法则付诸实施，世界上就不会有拿破仑了，生他的时候母亲才十八岁，父亲才二十二岁；也不会有普希金了，生他的时候父亲才二十八岁。

学家普希金的话：

时候到了，她爱上了一个人。
就像一颗种子落到地里，
春季里天气热了就萌芽生根。
她那聪慧的胸膛里，
早已经积满了心灵的烦闷，
她的心灵在等待有个人。

十 四

但是这些，说起来只是爱情的一种哲学和设想罢了。

至于有关这个领域的更精密的研究，我们知道得不多。也许，甚至根本就用不着去弄清楚它。因为意识会糟蹋迄今为止已经取得的成果，使几乎一切都变得昏沉沉的漆黑一团。

陀思妥耶夫斯基很正确地说过："意识太多和甚至所有的意识——是一种病态。"另一位诗人则说："聪明误。"我们认为，人家说出这种话绝非偶然。一般说，爱情是怎么产生的？是由于心理上的观念，还是因为首先就存在有某种正确的公式，就像在未经很好研究的电学领域里一样？对此，我们毫无所知，也坚决不想知道。

这么说，我们意识到自己对爱情了解不多，但同时又承认这种温柔的感情确实非同小可，甚至是辉煌壮丽的东西。所以，就让我们怀着惴惴不安和激动的心情，双手捧起沉重的历史卷帙吧。

我们想尽快看到这种感情在各族人民的生活中所起的卓越作用。我们想看到同爱情相关所发生的伟大事件和一些公民的奇妙行为。我们知道自己想了解些什么。所以，为了使自己的心灵温柔起来，就让我们在沙发上舒舒服服地坐好了，抽支芳香的雪茄烟，开始用自信的手指把这已经发黄的历史记载一页页地往下翻。

到时候，我们就清楚了。

十 五

一开始随手翻到的，活见鬼，尽是些日常生活中的渺小爱情，一些微不足道的无稽之谈，如形形色色、五花八门的提亲啦，婚礼啦，结为夫妻啦等等，它们都是出于事业和实惠的考虑。

瞧有位公爵什么的……他娶国王的女儿，是指望得到王位。

还有个什么达官显贵，是想把一大串城市归并到自己的势力范围之内，才向一位破落的公主求婚。

俄国的大公们还有这样干的……那是受鞑靼人侵扰的时代……"战争间隙时,他们力图(历史学家们这么写的)娶汗的女儿为妻,目的是为了讨好对方……"

瞧还有这样的,诸位想想,法兰克国王希尔贝利克……他娶西班牙国王的女儿做王后……历史上就这么直截了当地写着:"为的是给自己的敌人西格别尔特王子以打击。"

十 六

此外,对那些以商业活动为背景的爱情事儿,历史学家们写得可以说没有一点令人振奋的东西。都是好像在机关事务所里那种干巴巴毫无生气的调子,内容无聊,都司空见惯了。他们甚至连这样的感叹都不给加点:"啊呀呀!""瞧这个王公!"或"哼,这可不光彩!"或者即使像"您瞧,又多了个坏蛋!"这样的话也没有。

不,不偏不倚的历史学家没有给加上诸如此类的感叹。虽然,老实说,如果真要加感叹,那也许所有的感叹词还不够用呢,因为在历史的进程中,我们看到类似的事情可以说多如牛毛。

不过我们不打算详细地去列举商业界的这类事情。我们是想看看一些更为有趣的问题。在这方面,当然也有过种种使人吃惊的情况和笑话,值得今天的读者注意。

十　七

随便举个例子——一件很逗乐、可笑的事。我们喜欢它的所谓情节的一目了然性。这事很有代表性。它发生在古代俄国，在伊凡雷帝时代。

有个叫戈尔什津斯基的德国公爵到了俄国。

不知道他在德国那地方是干什么的。但是历史学家们知道，他到俄国来是出于政治考虑，同伊凡四世的一位堂兄弟的女儿完婚。

这么说，他来了。大概打扮得花里胡哨的。穿着绸缎裤子，打着彩结，挂着绦带，腰上挎一把长剑。大概是位高个子，漂漂亮亮的脸蛋，还留着两撇红胡子。可能是个酒鬼，一个好说大话的家伙、笨蛋。

瞧他到了咱们俄国。因为一切都是通过书信往来谈好了的，所以他一到，马上就举行结婚大典。

十　八

看样子，都瞎忙乎得团团转。妈妈跑到东又转到西，杀了好多只鸡，把新娘子带去洗了个澡。新郎官和牧师坐在那儿等着，喝着伏特加酒。大概还天花乱坠地吹牛撒谎。说什么在我们德国如何如何，我们公爵又如何如何等等。

不料发生了很可悲的事。呜呼，新娘子突然死了。这可怜的人儿从澡堂子里出来，患了重感冒，三天之内就死了。

新郎当然是伤心得没法说，要回德国去。正疯疯癫癫同亲家的人告别呢，突然人家对他说了：

“公爵同志！等等再走嘛。您的福分，我们还有一位小姐，是她姐姐。不错，她要比那位大几岁，也没有那么漂亮，不过她总算是……也许您觉得可以？何况您已经打德国这么远道来了——空着手回去多难堪。”

公爵说：

“当然可以。你们干吗不早说？很明显，可以。还说什么呢！好，给瞧瞧吧。”

总之，尽管正在奔丧，还是很快给办了婚礼。

十 九

不过，正见鬼，也许只有在王宫里，在公爵们中间，才发生这种事情和这么干的。

是不是只有王宫里是这么粗暴，讲究实惠，婚配不讲爱情，完全服从于各种各样的需要？这我就不知道了。那里可能是为了外交目的，因为经常缺钱或宫廷生活中有其他难办的事，才这样。

在普通老百姓中间，可能恰恰相反：他们的爱情是否都自自然然，使周围的人心里高兴、欢天喜地呢？

对这个问题的答案，没有办法，是否定的。

有些平民百姓，一般讲似乎根本谈不上什么爱情。大家知道，主子老爷要想自己忠诚的奴仆们怎么婚配，他们就得怎么婚配。

前不久，我们看到这样的记载，说俄国地主常常采取这样的办法给自己的农民们婚配：他们让农民们按个子高矮排好队，然后任意给他们强拉在一起，高个子男的娶高个子女的，矮个儿娶矮个儿的，登记完了就派人送交牧师给办个手续完事。

这里，可以说根本谈不上爱情。

至于各种官吏、投机商和骗子手等等，对不起，这些老爷们显然也不大懂得爱情。他们办婚事，就像做买卖。没有陪嫁，那里一般说照例是寸步难行的。

二十

说到更高一点人们的生活，比方伯爵、贵族、富商等等，那这些老爷由于他们整个生活空虚无聊，同样对此不甚了了，不知道爱情是啥样的颜色。

请看有这么个奇妙的故事，它向我们表明，它们这些人的爱情是咋回事。

在法国,那是路德维克十五时代的1720年,有个投机商靠种种见不得人的勾当积攒了万贯家产。他追求的目的全都达到了。家里什么都有,要啥有啥。可是脑子里一转念,还想非要同一位最最古老的贵族姓氏攀个亲。因为他有的是钱,所以就不惜一切代价,决定要把自己的女儿嫁给一个破了产的侯爵——他有一个很有名望的姓:德·瓦乌。

当时他女儿总共才三岁,而侯爵却快三十了,而且,虽然说可以得到最丰厚的陪嫁,破产侯爵还是无意等待十二三年。

侯爵做了个很优雅的手势,晃了晃长柄金丝边眼镜,对投机商岳父大概是这么声音嘶哑地说道:

"请您听我说,我很高兴同您联姻,给的数目也完全合我的意,可是您家的未婚妻太小了。就让她稍稍长大些,到时候再说——我也许会娶她的。"

二十一

可是爱虚荣的爸爸想马上成为侯爵家的亲戚,他想因此可以沾着点所谓最高贵族的边。于是,他就同侯爵签订了这么个协定:他每个月支付给侯爵一笔很大的预婚费,直到未婚妻长大成人,而侯爵呢,十二年后必须得娶他女儿为妻。订婚仪式该是在当时就办了。

从此以后九年来，侯爵按月领到自己的预婚费，优哉游哉地享受生活的全部欢乐。到了第十年，年轻轻才12岁的未婚妻不料得了白喉病死了。

可以想见，那投机商爸爸流了多少伤心泪！第一，当然是为可怜女儿，差点儿发了疯；第二，大家想想，他白白花了多少钱！当然，要从侯爵大人那里索回哪怕是其中的一小部分钱都休想。

而那侯爵呢，大概是搓搓双手，对伤透了心的岳父说：至于钱嘛，当然，您自己知道。既然令爱已经谢世——这是我的幸运。

二十二

但这算什么！在爱情战线上，还常发生同样的，甚至比这更使人吃惊的事呢。

例如这样，真是连读着都叫人觉得太荒唐。男方——包括各种美男子、贵族、勇敢的骑士、勋章获得者、商人、地主和王公等等，他们可以连未婚妻都没有见过一面就同人家结婚。这还是很常见的呢。瞧这事儿，对我们这些现代的读者来说是有些稀奇。

他们只要知道未婚妻的家业怎么样，有没有钱，财产有多少，爸爸是干什么的或者是哪儿的统治者——这就得了。当然，有些细心点的未婚夫还问问，他未来的生活伴侣大致啥模样，可不要是驼背什么的，这就得。

于是就表示同意，就结婚，就是说全都是所谓蒙着眼睛，盲目搞的。直到举办婚礼的最后一刻，才见到未婚妻。

不，今天简直难以想象，我们这儿怎么能有这样的事！换着我们，大概除了号啕大哭，就会狂呼乱叫，拒绝结婚，闹出乱子，会打人耳光，以及鬼知道什么名堂。可那时候，就是这样。

二十三

当然也发生种种不愉快，闹出不像话的丑事。

例如光世界性的大丑事，就知道有两起。

一起很有名的丑事，出在帝王宫廷里，甚至戏院都把它编成特大悲剧、正剧什么的，还上演呢。

那是西班牙的菲利普二世，一个六十来岁的老头子，他决定给自己的儿子和继承人，也就是著名的唐·卡洛斯娶亲。他要娶法国公主伊莎贝拉做儿媳妇，因为从崇高的政治出发，这样做既有利又有必要。可是他本人并没有见到过这位公主。他只知道，公主年轻，打算出嫁，但她是怎么样一个人却并不清楚。

但是当订完婚，老头子见到了公主就爱上了，所以自己同她结了婚。那儿子也很喜欢自己美貌的未婚妻，感到真是太伤心了。于是，正如大家所知道的那样，老子和儿子之间闹了大事。

二十四

第二起丑事发生在波斯。波斯国王卡姆比兹，著名的基尔的儿子，在公元前529年向埃及法老阿玛齐斯二世的女儿求婚。提亲时，卡姆比兹没有见过未婚妻。那时候交通不发达，互相之间往来是很麻烦的事。去一趟埃及得好几个月。

据传闻，埃及法老的女儿长得非常温柔美丽，简直是天姿国色。

于是，强大的波斯国王——他父亲几乎征服了全世界——就下了决心，派人前往，向埃及君主的女儿求婚。

法老呢，非常爱他的独生女，不想把她嫁到遥远的地方去。于是就从奴仆中挑选了一位最漂亮的姑娘，顶替自己的女儿，送往波斯。而且他是把她作为自己的女儿送去的，这一点事先都对她说好了。

历史上说，卡姆比兹娶了她以后，本来非常爱她。但当骗局偶然被揭穿，真相大白时，他感到自己最美好的感情受此侮辱，就无情地处死了她，并举兵讨伐埃及。

这可以说是一场最大的爱情悲剧，从中可以看到，爱情有时候是怎样产生又怎样收场的。

二十五

啊，我们生动地看到整个骗局被揭穿的时候那种戏剧性场面，它又是多么悲惨！

瞧，他们拥抱在一起，坐在带靠垫的波斯长沙发上。

大家可以设想，那低矮的长板凳上摆着东方的糖果、饮料、各式的糕点，地上铺着美丽的地毯。一个胖墩墩的波斯人站在一旁，拿着把大扇子给驱赶蚊子。

波斯国王卡姆比兹喝了一杯清凉的果汁饮料，满心喜爱地欣赏着自己美丽的妻子，絮絮叨叨对她说着温柔体贴的话。他对她说："啊，我的埃及美人！……在你们埃及那边怎么样？……法老爸爸大概太宠你了。而且，话说回来，你是这么可爱的心肝宝贝，又怎么能不宠你呢。我亲爱的公主，我一看到您那高贵的步姿等等，我就爱上您了。"等等，等等。

二十六

不知道是这位姑娘对自己女人的魅力估计太高呢，还是她那妇道人家的心里怎么搞的，她当时银铃般地大笑起来，说："瞧，事情有多怪！法老的闺女在埃及，可是他这位波斯国王卡姆比兹竟发疯似的爱上了我这个同法老的女儿毫不相干的女人。他爱上了一个奴隶出身的普通丫头。瞧爱情把男人们的心搞的！"

接着出现的情景，真是叫人想想都会发抖。

大概是他扯破嗓子大叫了一声，只穿着条裤衩从沙发上"唰"地跳了起来，脚上的鞋子都掉了。嘴唇煞白，双手颤抖着，两条腿都站不住了。

"怎么？"他用波斯语嚷嚷道，"你把刚才说过的话再重复一遍！大臣先生们！把这个下贱的女人抓起来！"

大臣们马上跑了过来。"啊呀呀，啊呀！出了什么事？请息怒，陛下！……您瞧，鞋子都从脚上掉下来了，这可有失国王的体面。"

但是，要愤怒平息下来当然不那么容易，因为这事对国王自尊心的侮辱太大了。

二十七

到了傍晚，大家赶紧把不幸的埃及姑娘砍了头。然后，卡姆比兹大概邀集大臣们开了好长时间的会。

他不停地挥舞着双手，很激动，神经质地在大厅里来回走着。

“不，埃及法老是个多么可恶的坏蛋，啊？”他愤怒地大声吼道。

大臣们诚惶诚恐地喘着气，摇摇头又摊摊双手，狡黠地相互看看。

“我现在该怎么办？先生们，受了这等侮辱，我得打仗，讨伐这个坏蛋，还是怎么着？”

“可以打仗，陛下。”

“只是他，这条狗，远着呢……埃及……非洲……几乎得走一年……好像得坐骆驼去……”

“算不了什么，陛下……军队一定能到那儿。”

“我亲她，爱她，”卡姆比兹又发起火来说，“我以为她是埃及公主，不要命地爱她，可她原来不是……怎么能这样，先生们？这条狗，难道说我配不上他女儿？随便找了个废物给送来……啊？”

二十八

外交大臣尽量忍住不笑出来。他说道：

“陛下，主要的——这成了一桩世界性的丑事……”

“正因为这个！……我不是说了——丑事。啊哟，我到底该怎么办呀？”

“主要的，陛下，这事将被写进世界历史，那才叫糟呢……说道是波斯……卡姆比兹……娶了个丫头小姐……什么什么的。”

“啊呀，你怎么还在那里唠唠叨叨搅得我心烦意乱，狗崽子！……把士兵们召集起来！……出发！……征服埃及，让整个埃及见他娘的鬼去吧！……”

总之，卡姆比兹亲自统率大军征讨埃及去了，而且不久便征服了埃及。只是当时，年迈可怜的法老阿玛齐斯已经驾崩，他的侄子普萨默齐赫见大势不好，也自尽归天了。

至于法老那位倒霉的女儿，我们对她的命运毫无所知。遗憾的是，历史上也找不到有关她的记载。

听一位在大学里讲课认识的历史教授对我讲，卡姆比兹好像把这位埃及公主赏给了自己的一个大臣做老婆。只是我不敢担保，这到底有几分真实。不过当然有可能是这样。总之，爱情就烟消云散了。由此可见，爱情这玩艺儿值几个子儿。

二十九

这意味着什么呢？照这么说，爱情这事儿好像就不重要了？那种名垂千古、受到诗人和歌手们赞美的爱情究竟在哪儿？那种在美妙出奇的诗歌中称颂的感情在哪儿？

那些浅薄的诗人、蹩脚的韵律搬弄者，那些形形色色的美和优雅的追求者，难道说他们能把这种事夸大其词到如此令人愤慨的程度吗？我们翻翻历史，好像找不到类似强烈的感情。

不。在翻阅历史的时候，我们当然找到了点东西，只是为数甚少，极其罕见。我们希望每一页上都闪耀着无与伦比的明珠，不然，我们干吗要一头扎在似是而非的所谓爱情里一百年也出不来。

靳戈　译

盲目的幸福

〔日本〕龟井胜一郎

在人们的迷恋中，对于爱欲的迷恋最为痛烈，也最有意思。有这样一句话：弱者啊，你的名字就叫女人。人们普遍认为，女人的社会条件低下，但是不管封建时代还是民主时代，为了低弱的女子，有多少男子也变得低弱了啊！事实上，世上各种各样事件的背后，都有女人介入，发挥着隐蔽的力量。左右国家大事的也为数不少，而且动机多是来自爱欲。

将男人闹得不得安生的女人，是一群怎样的存在呢？有人叹为千古之谜，有人嗤之以鼻；有人比作红花，有人大叫恶魔。按照各种不同的迷惑的性质，给予了各种不同的解释。这里，作为一种女性观的代表，我想举《徒然草》书中的一节：

女之本性皆执拗邪僻，人我之相深，甚贪欲且不识物之理，一心但向迷惑之途，巧于辞令，虽言之无碍之事，问时亦不言。似城府甚深，然而骇人听闻之事，却复不问自说也。女子深自伪饰，其智慧殆似有过于男子，不知随后立即显露真相也。

……若为贤女，则亦不可亲且可厌矣。❶

对于女人的这种辛辣的语言，在我国文学史上，除兼好法师之外比较少见。这是封建时代对女性的蔑视，还是厌恶？我认为都不是。既非封建，也非蔑视女性，更不是厌恶女性。只是对于女人本性正确的论述。只要不是面对着正在爱恋的女人，我们没有必要特别尊重女性或轻蔑她们。作为人的一种(也有人不能算是人的一种)该怎么说就怎么说好了。

兼好法师并非将这种女人的根性作为比照来阐明男人的优点的。女人的根性既然如此，那么女人必须是这样的。执迷不悟的究竟是谁？是男人。法师无可奈何地诉说着男人的这种悲哀和苦寂。

假如没有女性存在，又会怎样呢？只有男人的世界性的杀伐将不可名状。讲究服饰、喷洒香水、致力于教育等，所有

---

❶借用王以铸译文，参见《日本古代随笔选》第411页。人民文学出版社1988年版。

这一切都将废止。尤其是青年的举止身段，大半是做给女人看的。一旦有女人出现，场内的气氛就发生激变。简直可以说，没有女人，男人就不能存在。如果这种女人属于兼好所指出的那种，那么男人也应该说是相当愚蠢的一族。

兼好从以上的话里，没有得出厌恶女性的结论，而且相反，以下面的话作结："唯迷于色而从之之时，始觉女人优雅而可爱也。"他肯定了爱欲，道出了迷恋的兴味。这里所说的迷恋，是指对于女性姿容的热爱之心。人们说，爱欲的主体性存在于对姿色的沉溺。确实如此。有人说，女人必须属于高智商，但正因如此才不会产生什么恋爱感。"若为贤女，则亦不可亲且可厌矣。"所以，学问识见流于表面的女人是荒凉的一族。

有人说，姿容无所谓，只要心地美就行。话虽这么说，但男人们还是根据各人的爱好追求姿容，并沉迷其中，可以说迷醉于个人的空想之中。有人告诫：且勿把女人当玩物。事实上，男人在玩弄自己的空想，同时，相应地也为女人所玩弄。我本不想引用帕斯卡[1]的格言："克来奥帕特拉的鼻子如果再低一点，整个地面都会发生变化。"为了慎重起见，把前边的一段话写在下边：

---

[1]帕斯卡(1632—1662)，法国哲学家。

为了充分了解人的空虚，只要考察恋爱的原因和结果就够了。这个原因“无可言说”，而结果却是可怕的。这种“无可言说”的不为人们所了解的一些琐细事件，往往能够运动全球、王公、军队和整个世界。

（《冥想录》一六二）

回顾一下历史，东西方都有众多这样的实例。即便是个人历史也一样。对于一种难以形容的姿色的迷恋，会引起各种各样想象不到的事情。为什么会这样？不可忽略的是，当一个人迷恋的时候，他断乎不以为这是迷恋。他坚信这是至高的愉悦，明确的觉醒。他听不进一切忠告。在这一点上，显得既顽固，同时又心悦诚服，无上甜蜜。正如兼好所说，确实可称为是有趣和幸福的一刹那。

考查一下爱欲的发生吧。随着青春期的到来，人们都产生一种迫不及待的爱与被爱的欲望。这是个性化的东西，因各人的环境、气质、智识和体力的不同而不同，也就是以各种不同的爱的形式而展现出来。肉体和灵魂都达到一种妊娠状态，稍微一触动，似乎就想产出什么东西来。在产生真实、美和道德的同时，也对肉体和生殖产生了欲望，虎视眈眈地探寻着对方。在这种冲动的底层，不用说存在着生命有限的人对于生命无限的性的欲求。

在青春期的烦恼之中，与爱欲搅在一起的空想的烦恼，占有很大的成分。首先是储备性的空想，刺激这种空想的是文学、戏剧和电影等由高级到低级的各种艺术。现代是强烈的刺激的时代，请回想一下第一章第二节(关于环境的考察)的叙述吧。诱导或刺激性观念的，自古就有不少。在"解放的现代"，这些东西也许可以说达到了顶点。就是说，正是因为被解放，所以必须更多地负担性的苦恼，被迫于观念和感觉的早熟，自我污浊率也更多起来。而且是极其性急地盲目地寻求着时机。

恋爱，在很多场合是偶然的好机会。"若问恋爱首要的一条是什么，答案就是抓住时机。"(蒙太尼[1]《随想录》)——确是如此。弥漫于心中的爱欲，总是等待时机，瞅准机会进行突击。但是，究竟要瞅准哪里呢？交际的伙伴，邻居家的姑娘，交肩而过的女子，似乎机会到了，实际上没有。

性急的想法同时又是逡巡不前的。想及时冲锋，又顾忌会被甩掉。预想着机会，同样也要预想绝望。选择什么时候，使用什么方法，如何向意中人表示自己的心意，对方会不会接受……当你犹疑不定的当儿，时机早已过去了。

于是，更加陷入焦躁之中，因此，那时机不可过早，也不可过迟。最好的时机是有的，但最好的时机什么时候来？其实，机会就是机会，相恋的人们为此懊恼，沉迷其中，同朋友

---

[1]蒙太尼(1533—1592)，法国思想家。

商量，请占星师看手相等，也就是堕入了一种看不见、摸不着的状态之中。同障碍物的大小成比例，恋情也更加剧烈地燃烧起来。这正如前一章所述。

在这里，什么最重要呢？勇气和决断，说得好听点儿是这样，也就是要厚颜无耻。而且，不要怕变得轻薄。得恋的秘诀是厚颜无耻，与此相反，胆小和温厚是失恋的根源。但是，要说哪方面最能深深体验恋呢？这又是另外的问题，应该说，恋的滋味更多地存在于胆小和温厚一方面。

随着尊重女性和寻求精神美，女性越来越难以接近，也许只能是一味地在周围徘徊，最后以单相思而终结。青春的性急不能忍耐下去，这是当然的。但对于成熟的人，反而可以悠悠然徘徊其间，咀嚼单相思，用一个一个空想将对方美化，充分享受恋的滋养和快乐。

“我们应该像经过五彩缤纷的大门和通道，穿过情趣昂然的长廊和曲折蜿蜒的小径，进入壮丽的宫殿一样，充分品味恋爱的喜悦。”(蒙太尼)然而，青年不是这样，一开始就发起总攻。不，不光是青年，那些做悠悠徘徊的壮年者流，另一方面，也经常准备着“最后的进攻”。单凭情欲的经验，自我添加“迂回牌”味精，试图将快乐上升为更高层的快乐。青年因为刚刚萌发的情欲，有着最初的体验，又因了火烈的性的促使，容易忘情于最后的猪突，使出现在身边的第一个女性带有绝对化的倾向。

他相信从她身上发现了他所希望的一切优点，将空想看成现实。对他本人来说，即使是错觉，也不成为错觉了。第三者眼里的绝世丑女，在为她着迷的人看来，却成了绝代佳人。就是说，情人的眼里造就了绝代佳人这一形象，为了自我陶醉，又想更进一步强烈地占有她。

为了吸引恋人的关心，可以不择手段。名誉、社会地位、学识、财力、容貌、仪表……试图动员一切进行示威运动。我的住宅旁边有座动物园，那里养着孔雀。我观察雄孔雀如何取媚于雌孔雀的关心，那样子和人相似。尽量张开着美丽的翠羽，从根到梢都在不住地抖动着，拼命显现出壮观以发挥诱惑力。交尾之前的一切动物，都各有着固有的方式，人类也不例外。

恋的行动之中，会无意识显现出美，这是事实。托尔斯泰的语录中说："请看那些热恋的情人，他们不都是天才的演员吗?"可以说这带有一种现实游离性。人们本来是不能游离现实的，但恋爱却可以瞬间将现实的一切忘却，不顾未来，这是一种"舍弃一切的瞬间"。同艺术一样，这是建立于破灭与复仇之上的快乐，因而是美丽的。

恋爱，从某种意义上说是愚行。即使进入壮年和老年，同恋人在一起的一刹那，也和一个中学生无异。在游离现实的无警戒状态里，人们将甘美的原形暴露无遗(所谓原形都是甘美的)。一切恋爱都在使人浮躁不安，教给你种种表演，在这一点上，不能不呈现出滑稽的味道。

男人追逐恋人的眼色，仿佛会发出声音。十分温存的窃窃私语，带有虚荣心的所作所为，无非是想使你对他的优越留下强烈的印象。文学性诱惑的语言，大吹大擂，装腔作势，疯狂的拥抱和接吻，适时有度的忧郁的眼神……简直是一位天才的表演家了。一切伟人都是一样，他们一切旁若无人的表演，正因为做得十分隐蔽，因而获得救助。由于本人做得认真而深刻，在旁人看来只能是滑稽。然而，这又不可避免。对于恋爱来说，自我觉醒反而是大敌。

一个酒鬼，为着恋爱而得了胃肠病，为了满足小姐的要求，相携喝遍了每家酒馆。一个纯情男子染上了急性肺炎，在冷雨中把伞遮在女友的头上，一直护卫着她，而自己却成了落汤鸡。还有一个风流男士摔断了腰骨，他打算悄悄爬进楼上女友的房间，结果从墙上掉了下来。还有一个青年，恋人突然来访，他兴奋非常，翻穿着外套就跑出去迎接。这些富有牺牲精神的美丽的故事讲也讲不完。

陈德文　译

恋爱和结婚

〔日本〕池田大作

所谓爱，我认为是应当称之为人的本性。任何人都在生活着，所以那里有爱的跃动。由于爱，所以有希望，有喜悦，也有苦恼和悲哀。爱可以说是生的证明。

爱并不是过去的，也不仅是现在刹那间的，它是向着未来而永远缔造的。没有信义的爱是浅薄的爱；没有创造的爱不过是溺爱。

恋爱是年轻而美丽的人生的花朵。花朵一定要结成果实。人生中的恋爱不能像是一场热病。仅受感情支配、随心所欲地生活，那等于是精神上的幼儿。纯洁的爱情是美丽的，但同时也会带来愚蠢和脆弱。所以才有那么多的女性由于爱情遭到蹂躏而不幸地哭泣。你不要成为这样不幸的人。

"美丽的恋爱"——它首先必须是拥抱在永远不变的深深的爱情之中。恋爱至上主义把刹那主义的、听凭感情冲动的、每一瞬间都忘记了一切的爱看作是真正的恋爱。其实这不过是人生的一时的幻想。

通过恋爱而爱一个人。如果这种爱情是真实的,那么,走向终身同甘共苦的结婚的道路,应当说是最恰当不过的。我希望能把恋爱看作是考验能否真正走向幸福的结婚的行为。

同一单位的人的恋爱,应当始终受到前辈和同僚们的祝福和亲切的爱护,双方都应当努力做到这一点。因此,自己首先必须明确地区分公与私,其次对工作要负责任,受到人们的信赖。

是沉溺于恋爱、丧失自我,还是客观地看待自己,充分地发挥爱情的力量——这是一个非常重要的问题。经历恋爱的滑行,将决定结婚的起飞能否成功。恋爱和结婚的剧烈变动,将是漫长的人生道路的一个起点。不管前方有多大的风暴和乱气流,我希望在起飞之前,两人就齐心协力,切实地整备好飞机,使它能够稳如泰山。

如果由于恋爱,同周围人的关系恶化,不安心工作,自己也变得马马虎虎,这种恋爱不是真正的恋爱。如果因为恋爱,生命变得朝气蓬勃,工作起来感到有劲头,周围的人愈来愈亲切,这种恋爱无疑是真正的恋爱。

无须多说,恋爱是巩固相互爱情的重要基础。一般的情况，恋爱往往是盲目的，一旦激烈燃烧起来，连灭身之祸也置之不顾，忘却了冷静地凝视自己心灵的余裕，而且反而把这种盲目性赞美当作是爱情纯洁的表现。这种风气在文学的世界里尤其强烈。

如果是真正的恋爱，那就一定会希望将来能结成幸福的果实，一定是争取光明未来的建设和前进。所以我认为恋爱本身必须具有争取理想和切实地立足于现实的明智。

有人把结婚和恋爱分开，认为结婚是结婚、恋爱是恋爱。我对这种观点不敢苟同。我认为恋爱就应当坚决争取结婚。同结婚彻底分开的恋爱，只能是一种游戏；彼此没有爱情的结婚只会陷入一种杀气腾腾的生活。

理想的结婚即使意识到恋爱是“美丽的误解”，还是可以通过互相爱护、保护维持下去的。因为两个人都年轻，当然会有误解。但是，美丽的理想应当由两个人共同来切实地培育。我认为这里不能失去脚踏实地的正确的“眼睛”。

按一般常识来说，结婚是已经不能后退的出发点，可以说在互相结为夫妇这一点上决心背水一战。只能前进，而且必须要建立幸福的家庭。

对决定结婚的男女，人们常说：“恭喜、恭喜！”结婚值得恭喜已经成为极其普通的常识。但是，为什么要恭喜呢？为什么认为结婚是真正值得祝福的呢？本人应当有什么思想准备呢？——对于这些问题，长辈们大多不作过多的说明。说起来也许有些啰嗦。即将成为新郎、新娘的男女已经决心和发展到要齐心合力建立一个家庭,并且准备挺身起来承担那里可能发生的各种劳苦——就是把这种值得恭喜的心凝缩在“恭喜、恭喜”这句话里。

思想和人生观决定一个人的人生道路。如果对容貌、财产、家庭境遇之类失去了信心,怀有卑屈的人生观,世上的一切就会像映照在凹凸不平的镜子里一样,全都走了样。在这样的时候,女性的缺点反而暴露到表面上来。如争风吃醋、对后辈表现出不是与人为善的态度、嫉妒别人的幸福等等。这样的女性即使到了结婚的年龄,也不可能走上充满幸福的从恋爱到结婚的道路。

结婚的重要因素是爱情的持续性,需要持续二十年、三十年。因而不能忽视支撑这种持续性的各种条件——也即是健康、生活能力乃至对象有无前途等。这些都是不能忽视的。

自己所爱的人是否是足以托付终身的人,是不是只是一时的热情而不能长期坚持的人,两人能不能和睦相处、齐心协力建立家庭——应当从各种角度慎重考虑并作出判断。在考虑了这些条件之后,如果觉得彼此的爱情十分牢固,自己很有信心,又受到人们的祝福,正确的态度是堂堂正正地立即结婚。

受到人们祝福的结婚,当事人之间不一定真的获得幸福。最好的结婚是自己打内心里同意,周围的人也为之高兴。

但我认为最后的决定因素还是在自己的心里。应当努力求得周围人的理解，而两人幸福的面貌无疑首先将雄辩地说明结婚是否成功。

结婚生活是一个男性奏出的旋律和一个女性奏出的旋律的交响乐。要使得这种和音更加丰富，应当不断有人对人的诚实的心灵的交流。

人们经常说：不要有很高的要求。我并不认为这种说法是妥当的。这句话本身就令人有一种给人贴上商标、把人商品化的不快感。当然，如果是说不能为虚荣而结婚，那可以说是正确的。如果是指选择对自己最合适的人，那不是应当有很大"很高的要求"吗！不过，这绝不能顾虑周围人的想法，而把它当作判断的标准。

最糟糕的是在一种灰心丧气、自暴自弃的情绪和气氛中结婚。这种情况也可能有成功的例子。但这太过于听凭他人摆布，太不负责了。不，这太过于卑屈了。结婚本来是由爱情所产生和支撑的。打内心相信是真正美好的结婚，才能满怀希望地开始新的人生。

要求一个人什么都好，当然是不合情理的。但是，既然是选择丈夫，那就要很好地看清对方有什么缺点、有什么短处，准备自己怎样来弥补这些缺点、短处。有了这样的信心之后才结婚。这是很重要的。

结婚确实有所谓的机会。当然，机会不是等待的，而是自己创造的。不能为他人的意见所左右。但周围的人们为自己作了种种的考虑，这也说明各种条件正在成熟。这时有着自己明确的想法是极其重要的。不是完全遵从别人的意见，而是在听了这些意见后，自己来思考。当然不能钻牛角尖，以为失去了这次机会就再也不会有其他的机会。这是自己的终身大事，当然要慎重又慎重。

在单身时期，有父母兄弟的宝贵的庇护作后盾，一旦遇到了风雪，他们会来保护自己。结婚有了家庭之后，一定要有自己将直接置身于风雪之中的思想准备。不仅如此，自己今后一定要成为两人之间所生的孩子的庇护者。我要告诉你们，这是在考虑结婚时最需要注意的问题。

危险的倾向是，随着恋爱、结婚的道德的低下，离婚迅速增多。夫妇共同努力来克服这个危机，才会产生真正的爱情。未经过这种考验的爱情，不管它多么纯洁、美丽，我认为都等于是未经磨研的钻石。

卞立强　译

情书的美学

〔日本〕尾崎左永子

王朝时代的情书，是凝聚着各种功夫的。

当时的情书最要紧的首先是用纸。随着纸的生产的普遍化，由实用纸(例如户籍本和纳税本)渐渐转化为工艺价值很高的纸张。

漉制时添加各种各样草木的染料，再经过漂白，造出洁净纯白的纸，再用颜料或染料着色。

《源氏物语》里写到了各种纸的颜色，举例如下：

紫、白、缥(青)、浅绿、红、胡桃色、桧皮色、青钝、浓青钝、赤色纸、唐之浅缥、天蓝的唐纸、青摺、黑纸……

不光是和纸,唐和高丽舶来的纸也使用。但最适合于情书的是和纸的“薄样”(薄叶),是一种很薄的纸,如今称为“鸟之子纸”,表面平滑,柔韧而有弹性,很适合用来做卷裹信[1]。很多场合,需用“叠书”,也就是两张纸重叠在一起用。目下,仅用一枚信笺也是失礼的,所以话即便说完,也还要加上一张空白纸,这就是从那个时代沿袭下来的习惯吧。

“叠书”有时用颜色相同的纸,但为了潇洒,仿着衣服的表里异色,也使用颜色不同的纸,比如有“樱花叠”、“卯花叠”、“红梅叠”等。

若是衣服,“樱花叠”就是表面白,内里紫。若是写信,折叠时,露在表面是白色,写有文字的是紫色。说是紫,也是浅紫,透过白色一看,似觉有樱花的感觉。“卯花叠”是外表白,内里绿。“红梅叠”是表面呈苏芳色(赤紫),内里呈缥(浅蓝)色。

这些“叠书”在于时候和不即不离的关系。“樱花叠”用于花季,“卯花叠”适于梅雨时节,“红梅叠”则是在旧历新年到二月梅花盛开的日子。

写在这样的纸上的信,或是卷裹,或是包裹,都要再添加草木的枝条,派信使送达对方。草木的枝条也都是选的鲜花。“红梅叠书”的信笺是红梅花枝,“樱叠书”用的是樱花枝。枝条上满缀着花朵,这种花色和纸色统一起来才更有趣味。有时,

---

[1]将信笺折叠卷裹(不用信封)的一种信。

按照信中写的和歌的意思选择花枝,也有的时候,对于薄藤紫的信笺使用藤花花苞,对于紫色的信笺则使用盛开的藤花。

这种用心周到的王朝美意识里产生、成长,并传承下来的东西,就是一种“季节的问候”。诸如“到了美丽的芙蓉花盛开的时候了……”“又是木樨飘香的季节了……”等等。将这些问候语略去时就写上“前略”,然后马上进入正文。但这不是一个富于情味的词儿,我想还是尽量不用“前略”为好。仅仅占一行的“季节的寒暄”,总是给人心添加几分温暖和慰藉。

这些凭借全部的教养而产生的优雅的情感写成的情书,使人充分感觉到成熟的王朝文化的特色。然而,实际上当时那些情书的实物没有一件保留下来。我们只能从《源氏物语》《宇津保物语》等王朝的“物语文学”以及《枕草子》等随笔集中大致做出推断,这是很令人遗憾的事。在写法上,上面顶格整齐,而每行长短不齐,称为“藤花状”。相反,下面整齐而凹凸起伏则称为“立石状”。或者字形有着倾斜地排列,称“雁行状”。这些“散书”的功夫会使情书更增加一种美。

情书的实物未能留下的最大原因是:个人信件不能示人,他人看不到,可以说“保守信书秘密”的规则已经存在了。现在,出嫁前的姑娘,在庭院的一隅将不要的信件焚烧的情景,不是经常可以见到吗?同信件一起烧掉的是过去恋爱的记忆,还是过去的自己?——总之,焚信,是一种向着某种事物果断的告别,是一种重新自我调整的行为,这种“用心”也被现代的我们所接受下来了。

《源氏物语》也写到了作为两人之间恋爱的证据的信笺，一直到最后都不让别人看见，并亲手处理掉的果敢行为。这是满贮深情、浓缩一切美意识的恋的信笺。正因传达着真实的心灵，情书的神圣不可为他人之眼所玷污。

紫上是光源最疼爱的妻子。可以说是命运这条线将他们紧紧连在一起，具有斩不断的情缘。两人之间有着仅为他们自己所知晓的心灵的历史。有危机，也有苦恼，他们有三年时间夫妻仳离未能住在一起。她领养了别的女人生的孩子。

在这期间，光源氏和紫上之间来往的信笺，对于源氏来讲，自然是重要的回想的信物。红颜薄命的紫上香消玉殒之后，光源氏无法填补心灵里巨大的空洞，一周忌日刚过，他就开始整理身边的东西。他十分珍重保管着的紫上的信笺也统统处理了。源氏想起流放须磨三年的苦境，想起同紫上的心心相印，不由痛哭流涕，于是，他在紫上的密密麻麻的信笺上端写了一首和歌，就把紫上的信全部焚烧了。

这首和歌是：

传情彩笺不忍看，烧盐海藻烟升天。

像烧制海藻食盐的烟雾一般，焚烧信笺的烟雾袅袅升上天空，死去的紫上也随之而去了。不久，源氏自身也变成野外一缕烟雾，升空而去，就像每个人一样。

这尘世的荣光，人生的波澜，恋爱的悲喜……一切的一切都化作一缕青烟完结了。正是为了此时，源氏将留有宝贵记忆的情书全部烧毁了。最后出现这样的场面，就是说光源氏的故事到此就结束了。

这些信笺的终结，是对人们洁身自好的启示，同时也反映了平安时代人们的美学观念。

上面所述的信件的高雅，是指纸的精美，字的秀丽，以及随着四季的推移所寄予的纤细的情感。但是，光是讲究这方面的美，也许会有单纯的游戏和装饰之嫌。"高雅"之美之所以能打动人心，在于随时随地富有一种紧迫感，而且以对于人生的无常观为其内涵。

即使写信，既可以当作一件寻常事，也可以当成自己全部的象征，两种想法都是你的自由。但是无可置疑，信笺总是深刻反映着时代的影响。《源氏物语》中的信笺，明白地讲述着平安时代的事情；同样，你写的信也在讲述着"现代"这个时代。一张便笺，一个词语，还有开头和结尾，墨色，笔，这些都具有"现代"的表征。基于这种意思，那么"平常之信也是信"。重新审视"高雅"的精神，现代信笺如能带来新鲜的光亮，那也是令人愉快的。

陈德文　译

啊,情书

〔日本〕古井由吉

——啊,信,……还是放一放。此时,聪明的女性,在这种场合,是不写什么信的。也有电话,也不是没有机会表白。再说,要不给对方造成思想负担,又该怎样写好呢？弄不好,只能给别人带来麻烦,给自己带来后悔。所以,把这便笺揉成一团,扔进了纸篓,于是,我自己心里也随之安宁了。时针已过午夜十二点。我要休息了。不过,万一这便笺从纸篓飞出,落到了你的手里时,至少你会因此而对我产生一股柔情吧。作为对寄信人没有把纸篓盖盖紧的一种惩罚,求你下次见面时,你就装不认识我吧。……

这是一封不多见的、地道的情书。好像尽是废话，但实际一句废话也没有，即只写了三个字：我爱你。因此，我对得到这封情书的朋友说：这封信写得不是很有趣、很可爱吗？

但他却阴沉着脸说："也并非如此。总而言之，比起我来，她倒是一个相当聪明的女性哩。"我的这位朋友，长着一副面具似的脸，似乎很惹女人喜爱。正好在他要举行婚礼的前一个星期，我来到了他长年独自生活的公寓，半是嘲笑的，来帮他收拾房间。在满地东西杂乱无章，甚至连插足之地都没有的房间的一隅，我稍事休息，抽着烟。这时，他从抽屉里一角取出一捆书信来，说反正这些信要烧掉，就把几封似乎读了也无妨的信，让我看了。看来，男人，或者说，女人也是一样，对寄给自己的情书的内容，往往也不保密。

一般说来，的确，男人在信中写了一些不该说的多余的话之后，就被女人纠缠得毫无办法。而女人不论写什么信，好像只挑必要的、合适的写，而绝不感情外露(虽然许多女性并不这样认为)。在这一点上，女人是没有任何东西可从男人身上学习的。从上面那封信的寄信人来看，她的十分聪明之处也表现在使对方看了自己的信后愿意写回信上。如果收信人读了那信后觉得寄信人并不那么可憎，那么，那信就会是容易得到回信而且告诉对方回信方法的信。也就是说，如果对方将那封信整个内容加以否定，作这样的理解：不，不是那样，不必那样介意，感谢纸篓盖得不严，根本不可能假装对寄信人不认识等等，那么，即使自己认为收到信的男人是不会在乎的，对方也会写出比你的信的内容更富有积极性的情书给你的。

总之，要寄情书之类的信，最重要的就是注意要使对方容易写回信。这是对对方的关怀，也跟写者的羞耻心相关。正如写上面那封信的女性所说，在现实社会中，用信传达恋情已成为极其罕见的事情了，常常是很不自然。说得极端一点，就是正在成为一件比盯看对方眼睛或握对方手还要备感羞耻的事情。其原因是：以信传达微妙恋情的观念淡薄了，这就造成了现代人写信方法的拙劣。在写难写之处时，也受到语言表达上的束缚和障碍，这也成了羞耻心的盾牌。况且，现代人在表达思想感情时，养成了一种率直、独立的观念，与其说是在运用迂腐的独自观念，不如说是在听任那迂腐的观念而走向堕落。这样的现代人要写情书，可想而知，将会写成什么样子。

实际上是很惨的。首先，信和小说不同，感到羞耻的是写者“我”。“我”就是主人公。其次，必须不依靠过去人们总结出来的情书的格式或典范而表达自己的感情。这样，写者也就太可怜了，不得不以拙笨的小生的角色出现。而且，客观上这也等于是强迫对方扮演小生。

总之，写这种信，要下许多功夫。没有这种功夫，现代人是不会产生要写情书之类的信的想法的。其原因与恋情强弱未必有关。如果说，现代人就是这样神经过敏或已神经质了，这只说对了一半，而另一半则是现代人用信表达微细、复杂的思想感到无术。由于神经通不到笔端，所写非心所愿，结果是变得粗野，或者是一塌糊涂。这些，他们也知道。不过，他们都懒于写信。懒于写信，实际上也是了解自己的人的一种谨慎表现。

尽管如此，但到了不得不用信的方式传达自己的爱情时，就应当做到以下两点：首先，必须做好充分的思想准备，即使你想了再多的办法，费了多大苦心，若无其事地写了，归根结底都是把自己最容易受伤的地方，以文件的形式交给了对方——一个素不相识的人，而这样做无异于愚蠢的行为。其次，要从接收情书的人的角度，设身处地地考虑一下，对方在读了信后思想感情上的负担。要注意不能把情书写成了近似精神威胁的信。原因很简单，就是：如果你认为对方是一个没有必要予以关心的人，就无必要特意写情书了。也有电话，相见时也可约对方谈，对方也可约自己谈。而且，自己怕人的东西要是写给对方知道，日后被保留下来作为某种证据，那可太危险了。这一点，正是当今女性最担心的。所以，这种情况，她们是不写什么信的。再说，何谓写信功夫？最根本的，是在写信时关心对方，同时也要关心自己，是在这一前提下的一种策略，即：甜言蜜语。

就关心自己而言，作这样的考虑似乎是恰当的，即：尽管是自己的事，也不管自己怎样为恋情所动，都不能使自己处于一种无防备的被动局面。前面那封信虽然写得天真、可爱，但在这一点上却好像考虑得十分周到。写者把"我"巧妙地分成信和寄信人这两个第三者，这样，在表达上，写者就从始终是"我"的麻烦中摆脱出来，因而，在行文时也就轻松自如了。那种向人求爱时的心理压迫感和尴尬感也会得到缓和。即使收信人在回信时不直接称呼"你"，只提到寄信人和信的情况也可。因此，对方接受也好，谢绝也罢，都可以保证对方的自由，想说的就会令人吃惊地、坦率地说出来。前面那封信中，直接谈到"我"的只有一处："我这就要休息了"——像这样把自己暗暗地(也许应当说老奸巨猾)交给对方的写法，是很富有艺术效果的。男人做不到这点。

——请把这封信作为一个匿名者的忠告信来读。

某月某日——你该会立即想起——你身上的那件崭新的西装上衣有一个纽扣快掉了。虽说尚未到荡来荡去的程度，但也松动得很了。你频频注意着它，也不无道理。可是，在你身边有一个女人，也许由于最近一个时期陷入了什么贵重物品抵押给你似的深思，心情有点沉重，所以，对你的一举一动都在暗暗地注视。啊，让我随意想象好啦。那时，你一边把手放到要掉的纽扣上，一边两眼一眨一眨地注视着那个女人。这是什么意思呢？当她假装不知时，你便抓住旁边的一男性，就像是一个相当放荡的男人似的，开始说笑起来。不错，在你收到类似情书的信后，曾二次约她出来，把她当作情人对待。不过，当她目不转睛地看了一会儿你衣服上的纽扣、嘴上说了一会儿绵绵情话之后，要干什么？你知道吗？手提包里也许有针线，一旦她忘起情来，不能自已，是不难在众人面前非常认真地为你钉纽扣呢。

你打算把跟她的关系向周围的人保密呢，还是公开呢？她可是在时刻准备着，把你的一个小小的手势看作是递给她的一个信号，让她在众人面前以你的情人的形象出现。你要小心。

也许你会问：有电话，干吗要写信呢？这是因为打电话心乱。……我要作为一个暗中的忠告者。

以上，是朋友犹犹豫豫让我看了的又一封信。当我读完了这封信，我感到让女人迷上了的男人的一脸呆相和盼着男方表态的女人的焦急表情，好像就浮现在眼前。我不禁苦笑了。他们俩人好像单独见过几次面。此外，也似乎有他人在时也见过面，只是彼此装作素不相识。男女开始单独交际后，过了一段时间就面临着一个这样的问题：是继续向别人隐瞒这种关系呢，还是进一步公开呢？被别人知道这本身，就会给男女双方关系带来就是当事人也无法估计的巨大影响。有时，在公开和继续保密这一问题上，男方是犹豫的，而女方倒是大胆、急于公开的。这时，女方对于好像只是想停留在被爱被喜欢而不想公开的男方，则是表现出心急如焚的样子来，往往逼使对方表态。但也有与此相反的女人，叮嘱男方：你还是不要在别人面前表现出一种我是你的女人的样子吧！你下了这个决心了吗？你那样一做，女人害怕呢。

第一次给对方写信，不论出自何种考虑，其本身就是把自己的感情无分寸地传达给对方。这种不得已、无法控制的冲动，给以后必然会带来麻烦。就得向自认为处于优势的男方解释，让他懂得未必就是那样。不论怎么说，物证在对方手中。信既然是你所写，对方就自然知道你的所想，就会开始抚摸着俘虏的头，追问作为一个男人最喜欢听的事情。这时，也许你会一激动，顺嘴说出“我将一切献给你”等糟糕的话来。

如果在这种时候写信，其结果会有一种什么样的效果呢？不正是起着如故意增加人质的数量，或者说，把顽固的使者绑架硬塞进车内拉走一样，使关系恶化的效果吗？所写内容不管如何经过深思、字斟句酌，但比起实际的语言交流来，都会粗俗得多，从而陷入一种或者是顽固地强使自己非本心的东西成立，或者是本来还没有达到的感情程度一冲动使之增温，或者是致使以后见面时相当尴尬等等这样的窘地。即使在男女关系中也是如此。

但是，信虽然死板，不能融通，随机应变，但却具有把事情第三者化的这一难得的能力。当两人见面时，自己事情也好，对方事情也好，都不能作为第三者，作为第三者也不自然。在男女关系中，把事情作为第三者容易戏剧化。而自己的事情在谈论现场，其戏剧化的能力却是很有限的，在交谈中也根本不能指望它去发挥作用。与此相反，信，是坐下来写的，仅就这一点而言，就可以轻松自如地把面对面不可能充分表达的思想感情淋漓尽致地、戏剧化地表现出来。从这方面看，只要不把信的作用看得太高，作为恢复平衡的手段，信好像还是有效果的。

譬如说，它可以缓和一下因对方是美男子而造成的紧张感，使他降格为一个半个美男子(当然，如写得不好，会使对方越发无情)。这样一说，有心人也许会笑着说：自己是美男子，不能恋爱了。然而，妨碍在有数的几个人中择偶的或由于一个偶然机遇择偶的，或男女双方彼此除对方不嫁或不娶的——尽管也有本人的面貌和羞耻心的因素——是那自以为在笑和冷静但却笑不起来或冷静不下来的一副僵硬表情的美男子。

当然，如能作为一名丑角而成功的话，是再好不过的了。但那是高手所为，作为一个拙劣的角色是不能奢望的。我的朋友也许是由于我的苦笑，产生一种破罐破摔的心理，又让我看了一封信，写的似乎是在接到前面那封信后不久，他要求女方做爱的当时情景。

——我执拗地问一句：你认为是被我拒绝了，对吧？

此前的那天晚上，是怎么搞的？一定是见了鬼了，我们俩人都受到了惩罚。一下子不知说什么了，好像受到语言的愚弄，竟说了些孩子时代难以启齿的话，记得吗？

你的表情突然变得可怕起来，说：身旁的客人总是想吃柿子❶。我顿时蒙了，回答说：生麦、生米、生鸡蛋❷。你两眼直钩钩地看着我的眼，说：红信纸、黄信纸、蓝信纸。我越发不知所措，因为我看到你竹子立起来了❸。你发火了，说：我受不了啦！我结结巴巴地说二东京……专利局❹。当我好容易说出来之后，便羞得低下了头。

后来，你打电话责备我，说我笑你了，似乎要宣布跟我断绝关系。我确实笑了。不过，你应当十分清楚，一个处于心理上摇摆不定的女人的心。那时，我的身体是在自然地颤抖着的。如果不加以控制，如果我的眼里的微笑，哪怕一点点消失了的话，我就会哭出声来吧。

---

❶此句话是暗喻男人想要跟女人做爱。
❷此句话是暗喻感情还未成熟。
❸此句话是暗喻男人起性。
❹此句话是暗喻女方在未结婚得到法律保护之前，绝不答应对方性要求。

打那儿以后，你从远处看我的目光好像相当客观。对此，我感到有点不安。因为我觉得在你的眼里，我就是那样的女人。不过，我为我在你眼中就是那样的女人，不知为什么，也感到高兴。怪吧？请你也回答说“怪”吧！

据朋友介绍说：看了这封信，作为回答，他给她打了电话，因此，又相见了，而且，持续保持了一年半的关系。最后，是女方提出了结束关系。我的朋友虽然庸俗、骄傲地说“让女人甩掉自己也是男人的高明手腕”，但在分手之际，他似乎也不是无所谓、无动于衷的。

在那期间，那位女性共给他写了十封信。大抵是以第三者的口吻写的，而且，跟上次相见时，是迥然不同的两种情景，就如发了疯似的从房间跑出，但过了一会儿又笑嘻嘻地回到房间，或刚刚还是百般妩媚、千般柔情却突然间横眉冷对、出口不逊、言语尖刻的那种女人似的。见面时，她闭口不谈信的事。男方偶尔想起，提及了，女方也只是像不是说的自己似的，说：写得真可笑啊！便不在乎地笑了。因此，男方认为写信是这个女人的一种兴趣，故一封回信也未写。相反，由于他没有把信留下来作为物证的胆量，所以，每次读后都扔掉了。重要事情都是见面时直接跟她谈，解决。据朋友说，回过头来考虑一下，重要事情写在信上，就会有一种好像被信上写的东西束缚住了，不，应当说有时就会使对方为所欲为地让自己按信上她要求的那样去做的感觉。

据说，在她最后一封信中，详细地列举了哪些物品要处理掉，简直像一个结婚多年的老婆向男方传达指示，至于分手惜别之情的话一句也没有写。只是有一句让男方注意身体的话，便完事了。我的朋友对这封具体事情写得井井有条的信，甚感惊讶，认为，在分手时它反而具有奇妙的魄力。从此，他再也不找她了。

迟军　译

在神殿门口

〔黎巴嫩〕纪伯伦

我用圣火净化我的嘴唇，以便谈论爱情，然而我开口时发觉自己说不出话来。

我还不懂得爱情的时候，我经常吟咏爱情的歌曲，

然而我学懂爱情的时候，我嘴里便变得没有语言、只有气息，

而我胸中的歌曲也归于深沉的寂静。

过去，你们总是向我询问爱情的秘密和神秘，

我总是侃侃而谈，很有把握地回答你们。

然而，如今爱情已经用衣裳把我打扮起来，

却轮到我来向你们请教爱情的一切方式和一切奇迹。

你们中间谁能回答我的问题呢？

我来向你们询问探讨我的自我和我的内心。

你们之中，有谁能向我的心敞开我的心，

向我的自我透露我的自我呢？

告诉我吧，这在我胸中燃烧，消耗着我的力量，消融着我的希望和欲望的，

究竟是什么火焰啊？

这些轻盈的、温柔的、迷人的手，

在我孤独寂寞的时刻里拥抱我的心灵的，

在我那心的杯子里注入了混合着欢乐的辛酸和痛苦的甜蜜的醇酒的，

究竟是什么手啊？

是什么翅膀在寂静的长夜里绕着我的床盘旋又盘旋，

使我通宵不寐，守望着——我不知道守望着什么；

我谛听着我听不见的，凝望着我看不见的；

沉思着我不了解的，占有着我不曾获得的。

唉，我通宵不寐，唉声叹气，

因为对我说来，叹息和悲哀倒比欢笑和热闹可爱；

我通宵不寐，落在一种看不见的力量的手掌之中，它杀死了我，然后又使我复活，

直到天色破晓，我的屋子角角落落里都充满阳光。

这时我倒入睡了，而我那不寐的阴影仍旧在我枯槁的眼睑之间颤动，

一个梦的幻影在我石头床的上方徘徊。

我们称之为爱情的，它究竟是什么？

告诉我，藏在我们的生命外衣下的，活在我们的生存的心里的，

这神秘的秘密，它究竟是什么？

作为一切结果的一个原因、一切原因的一个结果而到来的，这莫大的解放，它究竟是什么？

催促着采集死和生，并由此创造出比生更新奇、比死更深刻的梦来的，

这种鞭策，它究竟是什么？

告诉我，我的兄弟们，当心灵感受到爱情的雪白手指抚摩的时候，

告诉我，你们之中有谁不愿意从生的睡眠中醒来？

当他心爱的少女呼唤他的时候，

你们之中有谁不愿意抛弃他的父母和他的出生之地？

你们之中有谁不愿意穿越沙漠，攀登高山，远涉重洋，

去寻找心向往之的她呢？

如果有个人儿，她的气息、声音和爱抚，他觉得甜蜜而又健康，如果她在天涯海角等他，

当真有什么青年不情愿追到天涯海角去吗？

面对一个关心他的渴望、答允他的请求的神祇，

什么人不情愿把他的灵魂当作香来焚烧呢?

只不过是昨天,我站在神殿门口,

向来往的过客,询问爱情的神秘和恩泽。

一个中年人走过,枯槁憔悴,愁眉苦脸,他答复道:

"爱情是我们从最原始的人继承下来的天生的弱点。"

接着是一个青年,身体健康,胳膊粗壮,歌唱着走来:

"爱情是伴随着我们的生存的一种刚毅果断之情,它把现在同过去和将来的时代都连结起来了。"

其后经过的是一个满脸愁容的妇人,她一面叹息一面说道:

"爱情是一种致命的毒液,可怕的毒蛇从地狱深渊里把它洒在空间,

让它化为露水降在饥渴的灵魂上,

于是那灵魂从此就变得沉醉片刻,清醒一载,垂死永无穷期。"

可是,一个年轻的姑娘,面色红润,朱唇嫣然,她说道:

"瞧,爱情是一种琼浆玉液,由黎明的新娘们斟给强壮的人们痛饮,

使他们容光焕发地站起来面对黑夜的星辰,兴高采烈地面对白天的太阳。"

此后来了一个穿深黑袍子的男人,稀稀朗朗的胡须飘拂

在胸前,他严厉地说道:

“爱情是一种愚蠢,随着青春的黎明来临,跟着青春的黄昏远去。”

而跟在他后面的人倒容光焕发,神情安详,以安宁平静的欢乐情绪说道:

“爱情是超凡入圣的智慧,它使我们内在的和外表的眼睛明明昭昭,

像神祇一样明察万事万物。”

接着走过来一个盲人,他用他那陈旧的拐杖叩着地面探路,他说话时嗓音里夹着呜咽:

“爱情是笼罩灵魂、遮蔽人生景象的浓雾,

使灵魂只看见它那欲望的影子

消失在巉岩之间,

只听见它在凄凉山谷里叫喊的回声。”

然后是一个年轻男子经过,他一面弹奏七弦竖琴,一面唱道:

“爱情是敏感的自我从内心深处发出来的神圣的光芒,照耀着周围的一切,

使自我得以把世界看作是在青青草地上列队前进的仪仗,

把人生看作是介乎两次觉醒之间的一个美梦。”

尾随着这年轻男子的,是个衰老的人,他拖着沉重的脚

步，战战兢兢，说道：

“爱情是悲伤的肉体在寂静的坟墓里得到安息，是灵魂在永恒的堡垒里确保安全。”

最后来了个年纪不过五岁的小孩儿，他一边儿跑一边儿嚷道：

“爱情是我的父亲，爱情是我的母亲；

除了我的母亲和我的父亲，没有人懂得爱情。”

如今白昼已尽，所有的人都在神殿门口经过了，

人人都讲到了爱情，

人人在每个字里都泄漏了他自己的憧憬和欲望，

也透露了人生秘密的神秘。

黄昏完全来临，流动的人群各走各的路了，

万籁俱寂之时，

我听到神殿里一个声音说道：

“一切生命都是孪生的：

一个是冰冻的小川，

一个是燃烧的火焰，而燃烧的火焰便是爱情。”

于是我走进神殿里，一躬到地，跪下来恳求，

并且秘密地在我心里曼声祈祷：

“主啊，让我充作燃烧的火焰的燃料吧，

上帝啊，让我充作圣火的燃料吧，

阿门！”

吴岩 译

但愿夫妻不再陌生

〔科威特〕穆尼尔·纳素夫

作为妻子，你是否感到你的丈夫还是那么陌生？你是否曾冷静地想过婚后多年来他的言行举止？朋友，但愿你不会觉得你的生活伴侣与你同床异梦。在这里，我要向你们讲一个真实的故事。

她独自坐在寝室的窗前，透过灰暗的夜幕，两眼极力地望着那暗黄路灯下的漫漫街头，翘首企望着能从深沉的黑夜中出现她所熟悉的身影。

他这些日子究竟是怎么啦?总是夜夜归迟，睡去多时，也不见他回来！孩子老也看不到他的笑脸，也许他新近接受的工作使他忙得不可开交?也许与友人聊天忘了时间?可是，工作再忙、事情再多也不能有家不归，有妻不思，有儿不管呀！

他与她也总是夜半时分匆匆一面，无话可说，无情可表。

她还在等他，手中的书不知翻阅几个来回了，困倦逼使她频频垂首。有时，一觉醒来，曙光出现了，他还没有回来。她刚要出门上班，他却破门而入，急急忙忙吃点饭便又不辞而别。家庭对于他来说，简直连客店都不如。

噢，今天回来得早些了，她热火火地为他端上了亲手烹调的美味佳肴，满高兴地坐在他的对面。但是，他却满脸倦容，肩上如同扛着整个世界。他终于开口了，但三句话不离本行，言必涉工作。他希望她能为自己解决点难题，可是，她对他的言谈却一无所知、毫无兴趣。于是，她只好缄口不语，脸上极力现出一丝强装硬挤出来的笑容，而目光却是茫然若失的。

这是为什么？难道他们的生活状况发生了急剧的变化？难道他们的爱情生活结束了吗？回忆的思绪将他们牵回到婚前的日日月月。

那时，他是一个活泼、干练、有抱负、有理想的青年。她与他相识了，共同梦想着幸福，欢乐，盼望着能永远生活在一起。

他们结合了，走在同一条路上，那是一条艰难的路。他们婚前的梦想得到了部分的实现，在婚后最初的年月里，分不清什么你和我，爱就是一切。那时，经济宽裕，生活内容丰富，彼此的感情和谐融洽，家庭中始终充满着欢欣的笑声。

爱情的果实诞生了。他们都喜不自禁,争着抢着看一眼小宝宝,都想为孩子的幸福献出一点力量。

可是,没过多久,这位年轻的母亲便发觉自己的丈夫已不是原来那样的人了,他变得对家、对孩子漠不关心了。他离家去了,从清晨到夜晚,甚至彻夜不归。他整个都陷在工作中了。他笑了,那准是工作顺利,取得了成功;他皱起了眉头,那就是遇到了什么难题。是的,事业上的成功是甜美的,如果有人共同分享他成功的喜悦,那不是更为甜美吗?

丈夫沉浸在成功喜悦之中的日子,却正是妻子被家务缠得喘不过气的时候,她白天要工作,晚上做完了饭还要照看孩子。过度的劳累使她觉也睡不好,周身疼痛不已,心中烦躁不堪。家务事难道就活该由女人全包下来吗?买菜、做饭、洗衣服、看孩子,这些家庭琐事难道就与男人无缘吗?谁这样说过?哪个章程中这么写过?可是,人们似乎都是这么活过来的,难道这就是真理?

这种日子,说实在的,真够难熬的。

好吧,让生活的长河沿着它本来的流向去奔流吧!让夫妻们各行其是吧!其实,她不上班也不是不可以,把雇保姆省下来的钱用到生活上,自己在家里看孩子不是更好吗?但是她却又是不甘寂寞的,家务活再累,再烦,却都能在工作中得到补偿。时日一久,她觉得这个家庭便只余下那些久远的甜美的回忆了。

爱情似乎是在瞬间产生的，但是，真正成熟了的爱情却需要漫长的时间，如同一棵树，从下种、萌芽、舒枝、展叶、开花、结果、成材，绝非是几年所能成熟得了的。夫妻之间感情的培养亦绝非一朝一夕所能奏效的，它需要时间，漫长的时间，需要了解，理解，更需要谅解，需要同甘共苦。

婚前母亲的嘱咐仍震响在耳边："孩子，假如你们小两口之间产生了纠葛，你千万不要陷进去，当心感情的裂痕刺伤了你的心！"可是，现实生活毕竟与书上写的，影片中说的，母亲讲的，相差甚远。谁知道每家都发生了一些什么事情?谁又能真正给予解决？还不是离婚了之。然而，离婚后的生活更难！每想到这儿，她的心就颤抖不已。不，她不应该光想自己，家里还有孩子！为了孩子的幸福和欢乐，做父母的就得强咽苦水。

她又问自己：他究竟是怎么回事儿？为什么就不把他们娘儿俩放在心上?！他只知道工作，却丝毫也不愿用点时间，尽一点做丈夫和父亲的责任，消除家庭中无形的敌意和威胁家庭幸福的分歧？如今，阴云布满了家庭，暴风雨快要降临了！

她真不知道自己究竟应该怎么办才好?疑惑使她心事重重，担心使她心烦意乱！

一天，她带着孩子来到郊外漫步散心。突然，耳畔响起了一阵优美的歌声，她循声寻去，发现在小路边的果树林中，一位漂亮的女人手挽小篮，边摘果子，边愉快地唱着。只见她身着十分好看又很时髦的衣服，举止文雅。在果树下面，是一个长得很英俊的少年，那是她的孩子。这位漂亮女人的歌声拨动了她心中的琴弦，人们都说她是很会唱歌的，她的歌喉至今仍在打动着她的同事的心，但那似乎又是久远的过去的事情了，她丈夫却嫌她唱歌使他难以安静地看书，她又有什么意思去唱呢？

她身不由己地移动脚步向她走去，对她说：

“你的歌真动人！我想，你在生活中肯定会是很幸福的。”

她回答道：“是的，是幸福的，在这样美好的日子里，我怎能不感到幸福呢？”

“我是说，你的婚姻生活幸福吗？”

“不！幸福这个词是不能用来形容我的婚姻生活的。在这个世界上根本就没有完完全全的幸福，幸福的大厦是难以建立在活动的沙漠之上的。我们周围的生活在活动，一切事物都在不断地变化着，人也不例外，与你最亲近的人更是如此。朋友，重要的是，我们首先要学会如何来对待别人，洞悉你最亲近的人的优点和缺点。你问我在生活中是不是很幸福，我可以告诉你，我是这个世界上最幸福的人，可是仅仅是现在，在这里，在果树林中，在孩子身边。可我不知道自己明天将会如何？也不知道几个小时之后会是什么样的心境？就是说，当我回到家里之后，他，将要向我提出什么样的要求？”

她很想继续听下去，不愿打断她的话，可是她却低头不语了。

“你是做什么工作的？”

“我是个美术家。平时画画，画我酷爱的大自然，然后拿去卖掉，来养活我的孩子。”

“那，你的丈夫呢？”

“他是个商人，是个绸布商。我们已经结婚十五年了。我得承认，我曾爱过他，他也曾怀有同样的感情。但是，时日一久，我发现他把我视作一件买来的商品，随意使用，为所欲为。他变得很专横，甚至不许我父母来看我，更不许我去探望他们，连想都不许。可是，当我们有了孩子后，他却又迫不及待地去把我母亲叫了来，为的是侍候我们，就像是个女用人。”

“你们俩如今仍彼此相爱吗？”

“当然并没有完全消失，因为我们俩都知道，夫妇之间的温情重新在生活中出现的重要因素，就是不要掩饰真正的感情。任何一位妻子都翘首企望着不仅能看到，而且能听到那些温情的表示。”

“你是说，丈夫应该无时无刻地竭力表白他对妻子的爱情？”

“亦不尽然。对爱情的表达无需多言，更不必每天都向对方说：‘我爱你！’不厌其烦地单纯地重复往往适得其反。其实，丈夫再忙，也可以抽出时间来对妻子表示一番温情，如下班后俩人一齐动手做饭，吃过饭后，再一齐干'事业'，这不仅不会影响情绪，反而会使彼此心情更加愉快，生活更为和谐。温存的语言是多种多样的，如'你是否曾想过，我为有你这样的妻子而深感自豪！''你做的饭真好吃，真应该好好谢谢你！''你今天按时回来了，真叫人高兴！'等等。"

"你的丈夫会说这些话吗？他对你说过吗？"

"爱情，绝非是单方面的行为，"她沉思了一下，说："爱情是夫妻之间的一所学校，两人共同在那里面学习，培养着彼此的感情，经受着波折和考验，不断地认识两人从未见过，甚至从未想过的新鲜事。我从自己不平的经历中切身体会到，要保持住夫妻间的这种温情又谈何容易？为了不使最初的矛盾和风波影响到这种温情的完美，要付出多么大的耐心和牺牲！在付出巨大的代价后，如今，我终于懂得了，夫妻之间的爱和温情绝不仅限于热吻和甜言蜜语，而更多的应该是充溢胸际的感情；是使彼此心心相印、相互吸引、永不分离的家庭环境和善意的心境；是使生活协调的共同努力，而不是对对方无尽无休的埋怨、猜疑和漠不关心。"

一席话，使她的心头顿觉轻松，在与她握别后返回的路上，她在想，自己应如何更好地建设这个家庭呢？

解传广　译

思恋

〔埃及〕穆斯塔法·拉斐仪

我手执笔杆，正坐着疾书我的思恋。你虽与我相隔遥远，千种风情却如隐似现。因为，你的一切，都已根植在我的心田。

你的眼睛，总流露出一丝疑问。因为，在你眼睛的后面，有一颗执拗的心，不愿轻信。或许，是因为那颗心，不满足于浮光掠影。再不，就是它讳莫如深，不欲有人问津。

你的眼睛，从遥远的地方，向我投来疑问的目光。给我周围的一切都打上了问号，只有待你来临，见到你的倩影，才能消除迷惘。于是，我心中泛起一片思恋的波澜，此起彼伏，难以平静。仿佛，你的远离，带走了我心中的一切思绪，也带走了我的心。

哦，爱的苦痛，情如忧伤化成的猛兽骚动。胸中的每一惊悸，都仿佛是因为思恋的利爪在叩击心灵！

什么是思恋？它就是爱情迸发的雷电。血的云雾，翻滚、动荡、沸腾、碰撞；心的雷电，一阵震颤，便发出了“啊……啊……”的声音。

现在，你那迷人的眼睛，又向我投来了一个询问的目光。带着柔情的思念，带着钟爱的渴望。于是，我感到灵魂的绿枝盛开出满树芬芳。似锦的繁花，送出天国的芳香，带着对你的问候，随风飘荡。

我觉得，为你写下的一字一句，都有手中的笔在参与。它字字精雕，句句细琢；我觉得，纸张似乎也深知它将承载我的思恋、我的幽秘，因此，已不是浮现字句的纸张，而成了充满感叹的胸臆。

你又以问询的眼神向我探望，我觉得，你那女性的温柔，已围抱在我的身旁，震撼着我的胸膛。通过每一阵刺痛的思恋，进入了我那可怜的心房。

是的，哦，我的心上人！你确已为这颗心送来了光明。但光明，是由燃烧的火焰生成。每一个爱着的人，爱情之所以能为之照明，让其爱的世界呈现出一片美景，都是因为燃烧了自身，让自己化成灰烬。成倍的燃烧，才能带来更多的光明。

战场上的英雄豪杰也其情相同。利剑刺破他的肌体，子弹穿透他的骨骼，均难以使他屈从于死神。只有光荣，才能让他为之献身！

远离你，我觉得时间并非在一小时一小时、一天一天地消逝，而是带着我，带着我的生命在消逝。远离你，我在溶化，因枯竭而溶化；或者说，因思恋而溶化。时时刻刻，我都在忍耐和生存中溶化。

在生活中，时间有时是随我们辛勤劳动、履行职能而消逝的，有时则在休息中被打发。时间仿佛只与我们的工作相关，我们也让时间去与此相承、相连，从而并不觉得在一天天走向死亡，反觉生命总是在不断更新。

在爱情中，由于所爱者的拒绝、抛弃或远离，今昔就变成了往日，今天就变成了昨天。这是因为，我们只愿回顾往事。岁月在我们的心里滞留，加以摧残，使我们只觉得死亡正以一种毫无希望的生命形式在临近。

因此，拒绝、抛弃或远离你的爱人的思恋，就像是扼杀一个病入膏肓的患者对生命的强烈渴望。这病人的躯体大部都已死亡，唯一息尚存，只觉死神已在不断逼近……

啊！为什么要有这些催人泪下的愁思？

啊！为什么要有这些让人热血沸腾的心绪？

啊！为什么悸动的心的震雷，发出了“啊……啊……”的呼声？

杨孝柏　译

狂喜的诗

〔智利〕米斯特拉尔

1.我在哭泣

你说了爱我之后，我止不住热泪的淌流。你对我说，你我相偎相依，无论天涯海角。

你给我的幸福出乎意料，来势之猛使我受不了。你原可以像喂病人喝水那样，一点一点地给我，可是你让我就着涌泉痛饮！

我伏在地上，在我灵魂领悟之前，我会一直哭泣。我的感官、我的脸庞、我的心都听到了。我的灵魂还不明了。

美妙的下午已经消逝，我摇摇晃晃地在回家的路上走去，扶着路旁的树干……这条小道我上午已经走过，但是我觉得生疏。我惊讶地望着天空、山谷、村落的屋顶，我打听它的名称，这一切都恍同隔世。

明天，我坐在床上，请别人呼唤我，我要听听自己的名字，相信这是真的。我会再一次哭泣。你给我的幸福来势太猛，使我受不了！

2.上帝

现在同我谈谈上帝，我会理解你的意思。

上帝是你久久地瞅着我眼睛时的恬静，是没有言语干扰的心领神会。上帝是这种热烈而纯洁的委身，是这种难以言宣的信任。

他跟我们一样，爱黎明、中午和夜晚，在他自己，正如在我们两人看来，他刚开始懂得爱……

除了爱之外，他不需要别的歌曲，他从叹息唱到抽噎，接着又回到叹息……

他是盛开的玫瑰的完美，一片花瓣也没有掉落。

他是一种圣洁的信念，认为死亡只是难以置信的谎言。

啊，我现在对上帝有所了解。

3.世人

“他们并不相爱，”人们说，“因为他们没有相互追求。他们没有亲吻，因为她仍然纯洁。”他们不知道我们互相瞅一眼就已倾心！

你干活的地点离我很远，我所处的地方不在你身边。虽然如此，我一面干活，一面仿佛把你织进了羊毛毯，你在老远的地方一定觉得我的眼光落到你低着的头上。你的心会被柔情揉碎！

白天过后，我们有片刻时间可以相会；但是爱情要把我们折磨到第二天傍晚。

那些沉溺在放荡情欲而没有结合的人，不会理解我们互相瞅一眼就成了夫妇！

4.他们议论你……

他们在我面前议论你，碎嘴贫舌，血口喷人。为什么人们的话这么多，也不怕费劲？我闭上眼睛，在心里瞅着你。你纯洁无瑕，像是清晨凝结在玻璃窗上的霜花。

他们在我面前夸你，没完没了。为什么人们的话这么多，也不怕费劲？……我不声不响，人们的夸奖在我心头升起，像海面的水汽般明亮。

另一天，他们一没有谈到你，却把别人说得天花乱坠。我对陌生的名字毫无兴趣。你的名字没人提起，但是像春天一样，虽然没有人歌唱，它却满山满谷。

5.我在等你

我在田野等你。太阳就要落山。夜晚来到平原，你像肯定降临的夜晚一样，会来同我相见。快点吧，我想在暮色中看到你的面庞！

你来得真慢！你仿佛陷在沉重的泥土里。如果你这会儿停步不前，我焦急的脉搏也将停止，我将吓得苍白发呆。

你像泉水唱着歌来到山谷。我已经听到了你的声音……

快一点吧！将要消逝的白天想在我们紧贴的面孔上离去。

6.把我藏起来吧

把我藏起来吧，别让人家看见。如同树干藏树脂那样把我藏起来吧，我在幽暗处给你芳香，像树脂一样使你温柔，别人不会知道你甜蜜的缘由……

没有你，我就无所适从，变得丑恶，仿佛是从泥土里拔出来的树根。

我为什么不能变得很小很小，像核里的果仁？

让我变成你的一滴血液吧，我将流到你的面颊上，如同葡萄藤叶上一个鲜艳的红点。让我变成你的叹息吧，我将在你胸中升降浮沉，在你心里翻滚，我飞到空气里重又进入你身体，我一辈子就这样嬉戏……

7.四瓣的花朵

我的灵魂一度是果实累累的大树。那时候，人们看了红喷喷的果实就有丰饶的感觉，听到千百只鸟在我的枝叶下歌唱就心醉神迷。

后来它成了一株灌木，枝条稀疏弯曲，但仍能分泌出芬芳的脂液。

如今只是一朵小花，一朵四瓣的小花。一片花瓣叫美，另一片叫爱，它们相距不远；第三片叫痛苦，最后一片叫慈悲；它们先后舒展，再没有别的花瓣。

每片花瓣底端都有一滴血，因为对我说来，美是痛苦，我的爱全是折磨，我的慈悲来自创伤。

早在我是大树时，你就知道我，可是你这么晚，到了黄昏才来找我，也许没有认出我就打我身边走过。我在泥土里悄悄地瞅着你，从你脸色就能看出一朵泪珠般简单的小花会不会使你满足。如果我从你的眼神里看到了奢望，我就不阻拦你，让你朝如今是大树的别人走去。

因为今天我只能同意那样一个人和我在尘土里待在一起，他应该谦卑，满足于微弱的光辉，别无他想，把面颊永远贴在我的泥土上，嘴唇碰着我，把整个世界忘却！

8.影子

傍晚时，你向田野走去，在草上留下足迹，让我可以跟踪。你循着熟悉的小路，一直走到那些金色的白杨树，再从金色的白杨树走到青灰色的山峦。一路上左顾右盼，抚摩树干，等我走过时，它们便可以把你的爱抚向我归还。你对着山泉照照自己，让山泉把你的影子保留片刻，等我来到。因为在这众生芸芸的世界上我再也见不到你。

9.如果死亡来到

如果你受了伤，尽管叫我。不论你在哪里，尽管把我呼叫，不用害臊。我会赶去，即使去你那里的路上布满了荆棘。

我不愿意任何人，甚至不愿意让上帝替你搁好枕头。

我留着自己的身体替你的坟墓遮挡雨雪，我要把手蒙住你的眼睛，不让你看到可怕的黑夜。

王永年　译

西尔维亚·多丽亚

〔英国〕史密斯

在青山那边，乘车可到的距离以内，有一片园林和长满山毛榉的乡野，可以眺望到遥远、暗淡的大海。我记得有一次乘车去时，到了一处地方，是有关西尔维亚·多丽亚的那篇优美、古老故事的发生地。大门装在很有气派的门柱上，门上绘有些般凶猛的、蔑视一切的野兽，持着有冠冕的盾牌。通过大门，我可以看见在林荫大路的尽头，是宅子的正面，有石头半壁柱和陡峭的屋顶上的栏杆。

一百多年前，在那片园林里，就有那所意大利式宅子以及装点着一些塑像和小殿堂的平衍的庭院。那里据说住着一位年老的爵爷和他的两个容貌漂亮的儿子。老爵爷一直在为夫人伤心哀悼，虽然夫人好多年前就已经去世了。他没有邻居可去访问，也没有几个陌生人进入那一大片园林的围墙。然而春季有一天，苹果树刚刚开花，那两扇镀金的大门一下子打开，一辆伦敦来的轻便四轮马车，由腾跃的马儿拉着，驶上了林荫大路。在马车上，笑盈盈的十分欢快、确实还非常艳丽的，坐着西尔维亚·多丽亚，身穿黄绸衣服，戴着有下垂羽毛的西班牙式大帽子，她是来访问她的亲戚，那位老爵爷的。

她父亲打发她来——有人说这样他可以比较自由，好干他自己邪恶的勾当——也有人说，他是打算让她嫁给爵爷的长子的。

且不论事情是怎样，西尔维亚·多丽亚像春天，像阳光一样来到了那个荒凉寂寞的地方。就连老爵爷本人听见她的嗓音在宅子里歌唱般响了起来，也觉得莫名其妙地快乐。至于亨利和弗朗西斯，单是跟在她身旁沿园中小路走走，对他们来说就跟进入了天堂一样高兴。

至于西尔维亚·多丽亚，虽然她对追求她的那些伦敦纨绔子弟先前一直十分冷淡，这时却渐渐发觉芳心并不是没有给触动。

可是不顾她的父亲，也不顾她自己姑娘家对黄金和地位的贪爱，她喜欢的不是亨利，不是老爵爷，而是小儿子弗朗西斯。这一点弗朗西斯知道吗?他们是秘密的情人，过去的流言蜚语这么说。很可能，那些流言蜚语传到了她父亲的耳里。

有一天，一辆马车飞驶上那条林荫大路，马儿全奔跑得大汗淋漓，车窗边只见一个老人的恶毒脸孔。不久以后，马车驶走了，西尔维亚·多丽亚坐在老人的身旁，痛哭流涕。

在她走后又过了很久，十八世纪好多年全都过去了，什么也没有改变。后来，长子亨利在打猎时送了命，老爵爷几年后也去世了。爵位和那所大宅子以及所有的土地和黄金全落到了小儿子弗朗西斯的手里。但是在父亲去世后，他难得住在那儿，因为他似乎并不爱那地方，大部分时间都独自一人居住在海外，他始终没有结婚。

许多年又过去了。树木长得更高，宅子四周的光线变得更暗。这时没人修剪的紫杉树篱笆枝条低低地垂在幽暗的小路上，常春藤把塑像全覆盖起来，褪色的小殿堂上大块大块的灰泥剥落下来。

最后有一天，一辆轻便马车驶到大门口，一个男仆拉了一下那个摇摇晃晃的门铃，对看门人说他的女主人想到园里看看。于是大门吱嘎响着给打开，轻便马车闪闪发亮地驶上那条林荫大路，到了那个荒芜的地方，一位女士下了车，走进庭院，在长满青苔的小路和塑像间徘徊。马车又驶出去时，那位女士微笑着对看门人说道："告诉你的爵爷，西尔维亚·多丽亚回来过了。"

主万　译

早恋

〔英国〕普里斯特利

在读到一篇谈早恋(在十四岁开始)的文章后我一下子越过好些岁月，回到1908年左右[1]。那时我打算跟两个性格迥异的佳人谈恋爱。一个是玛白儿·西尔比小姐，她在勃雷福特皇家哑剧院担任主要女演员；另一个跟我年岁不相上下，是我隔壁邻居的姑娘。因为大人不允许我独自去看戏，我只看过玛白儿·西尔比的一次表演；我从未给她写过信，从未在后台入口留连不舍。但是她漂亮乌黑的发卷使我魂牵梦萦，她不是那种全身上下都过于一板正经的扮演女主角的女演员，那种贫血的人物——每逢当地的报纸提到她，她的名字

---

[1] 作者当时也刚好十四岁。

就在我眼前熠熠生辉。当有人告诉我们她在跟经理部门进行一场不顾一切把人吓坏的争吵以后,她可能就离开了那个演员班子。我所在的那个城市本来就够缺乏光彩,于是更死气沉沉了。随着这位女神的形象渐渐淡薄,我对西尔比小姐的单相思变成一种远距离的崇拜。够奇怪的是我以为西尔比小姐的演剧生涯并未结束,后来我总是去伦敦西端的剧院看戏,不过我再没有见到她。另一方面我却常碰见隔壁的那位姑娘,但仅仅通过我们前室的凸窗,我在这个房间里徘徊,刚好很快瞥见她一眼。实际情况是我的父母跟她的父母关系不好,她和我从不同时参加一个交谊会,所以我们从未交谈过。我们之间的关系纯粹是我单方面徘徊——张望——相思。没有对我还答过一次微笑、一次顾盼。我的爱情不得不靠着仅仅瞥视几下那张漂亮而高傲的面孔这种贫乏的养料而维持。(假如现在有人问我一个十四岁的女孩怎么能有一个漂亮而高傲的面孔,我会摇头。可那时候——就是如此。)为了悄悄地接近她,我在能向出现她的名字的浪漫派诗歌和历史小说里搜寻,爬梳;在这一点上她远远超过了玛白儿·西尔比小姐,后者的名字可不能把我深深带进浪漫传奇的领域。有人会告诉我——古往今来有种种类型的初恋——而我的初恋,这么不专,这么无形,这么沉默,是假的,够不上列入它的类型表。可它是事实,1908年前后,在大踢足球和狼吞虎咽不止一客板油布丁的同时,我生活得又像一个身体柔弱的诗人，一个少年雪莱，在这个极为罕见的双重魔力的气氛中，当爱神的信使敲门时，我甚至连一次亲嘴也没有过。

林荇　译

给萨娜的书信

〔法国〕卢梭

我也不需要一颗心
轻许我什么希望

——贺拉斯

大家不难明白，是何人在向我挑动，我才写这几封信的。有人问：一个人年已半百，还想做情人，岂不让人笑话？我觉得，一个人无论年纪多大，都有可能自堕情网。一个老头儿写情书，也可以接连写四封之多，并使忠厚老成的人读起来津津有味，一个人在长达六年的时间里没有一星半点有失体面的事，那是不可能的。我用不着在这里解释我的理由。人们看完这四封信，就自会明白。有什么话，等把信看完以后再说。

书信一

年轻的萨娜，你在窥测我的心，你已经看出了我的心意。这一点，我早知道，我已经感觉到了。白天，你好奇的眼睛无数次在我身上探查你的美对我的影响。从你得意的神情、貌似冷酷的温柔和对我似乎不屑一顾的故意戏弄来看，我看出你暗中在拿我的窘态开心。你把一个可怜的男人弄得惆怅万分，反而带着嘲弄的笑容为自己把他置于这种失望的境地而大为高兴；你想使他感到向你求爱乃是自寻羞辱。你错了，萨娜。我是可怜的人，但我绝不是可任意嘲笑的人。我没有任何令人轻蔑的地方，我应当得到你的同情。我不是以我的面容和我的年龄硬要你同情我，因为，我追求的是爱情，所以我觉得，我无须时时做出讨人喜欢的样子。有害的幻想虽使我迷失了本性，但它从未使我在幻想中看到你如今这个样子，更未让我在幻想中把自己置于如今的境地。你对谁都可以看错问题，但不能对我。你可以使我相信世界上的一切，但你不能使我相信你没有我这种疯狂的爱情。你使我变成你如今看到的这个样子，这是我所受的苦刑中最严酷的苦刑。你对我虚情假意的关怀，在我看来，纯粹是一种屈辱。我既然知道了我不可能得到你的爱，我就要死了这条心。

这样，你该满意了吧。我告诉你，我的确爱你；是的，为了你，我已经血液沸腾，受尽了残酷的感情的折磨。不过，如果你真以为我只不过是一个头发已经花白还想求爱的人，只不过是一个自作多情的老头子，做出一副讨人喜欢的样子，一厢情愿地打一个年轻女人的主意，那你就试试看，看你能不能把我驾在你的马车上听任你驱使。你办不到，啊，萨娜，你切莫自以为了不起，你休想我跪在你跟前说一些乱七八糟的风流话来让你开心，或者说一大堆故作忧伤的话来博得你的仁慈。你可以使我流泪，但我的泪不是爱情的眼泪，而是愤怒的眼泪。你想笑就笑吧，你可以笑我太软弱，但你切莫笑我对人太轻信。

我是带着愤怒的心情对你说这番话的，因为你凌辱人的举动是残酷的，对我轻视的表情是难以忍受的。我的情欲无论是多么冲动，但绝不狂躁；它既强烈而又温存。尽管一切希望都没有了，但我死要死得幸福，活要为你而活；我唯一的快乐，就是看到你快乐。你喜欢什么，我就喜欢什么；你有什么愿望，我也有什么愿望。即使是我的情敌，只要你爱他，我也爱他；如果你不爱他，我也要想办法使他值得你爱，并希望他也有我这样的心，堂堂正正地爱你，使你生活得很幸福。任何一个人，他本人虽然没有人爱，但只要他爱别人，就应当允许他爱。啊，萨娜，希望你爱他人，也为他人所爱。只要你幸福，我就是死了，我也是幸福的。

书信二

既然我已经给你写过信了，我就要继续再给你写。我的第一个错误，又招来另外一个错误。不过，请你放心，我知道到什么时候就应当停止的。你在我心神迷乱期间如何对待我，将决定我头脑清醒以后如何对待你。你假装没有看过我的信，你在撒谎；我知道，你是看过的。你以为装出若无其事的样子，就可以使我相信你的谎言，就不再给你写信了，这是办不到的。你之所以仍然是从前的你，就因为你本来就一直是伪装的。你对我装模作样的单纯样子，反倒表明你从来就不单纯。你假装没有看见我已经到了狂热的程度，反倒使我更加狂热。你没有做到使我向你下跪就给你写信，你心里就不满意，就想使我闹笑话，在你面前出丑，也许还要在别人面前出丑。如果我不把脸丢尽，你还觉得你不够成功。

狡黠的女人，你这一套把戏，我全看穿了。你以为假装羞羞答答，就可以使人相信你真的害羞；你以为假装不在意的样子，就可以使我忘掉我的错误，并使你自己显得好像什么都不知道似的。你这些手法，我全看出来了。再说一次，你已经看过我的信了。我心里有数，而且是亲眼看见的。当我走进你的房间时，我发现你急忙把那本书放下，我的信就是夹在那本书里的。我发现你脸红了，有一会儿惊慌失措了。你这惊慌失措的样子很有诱惑力，说不定还是你设下的陷阱之一，比你的目光对我更有害呢。这种样子，至今还在搅得我心绪不宁。我怎么办才好呢？曾经有一百次，正当我准备匍匐在你这个骄傲的女人跟前时，无数的内心斗争和努力终于把我制止了！我走出你的房间，心里高兴得直跳，庆幸我没有做出我那一刹那间即将做出的卑下事。我对你的傲慢的报复，就只是这一点点。啊，萨娜，别再那么骄傲了。我一生中只要有一次战胜了你，我就能够最终克服你天生的傲气。

我已经成为一个不幸的人了！我出于自尊之心才针对你的自高自大说了一些没有道理的话。我一厢情愿地以为你心中有我，这岂不是在自己折磨自己！不过，谁要是真能折磨一个头发花白的恋人，她反倒能获得莫大的荣幸。不，除了冷漠的表情以外，你就没有别的本事。你对我不屑一顾的样子，实际是在卖弄风骚。其实，你要使我难过，法子只有一个，就是从此不再想我。现在，我已经可怜到不能做一点儿可笑的事情来引起你的注意了；你对我狂热的恋情竟轻蔑到连嘲笑的样子都不屑于表示了。你看过我的信，不过，你忘记了。你再也不提我的痛苦了。怎么！难道我在你心目中已经成了一个不值一提的人了吗？我狂热的恋情，我内心的痛苦，即使不能引起你的同情，难道连正眼看一下也不愿意吗？啊！你眼中流露的柔情蜜意到哪里去了？你温存的感情到哪里去了？……你这无情的人呀！……你对我的感情无动于衷，你对其他人的感情也一定是无动于衷的。你的容貌显示你是一个好心的人，但它显示的是假象，你原来是一个冷酷无情的人……啊，萨娜！你若不是冷酷无情的人，我在痛苦的时候，就能从你善良的心中得到几分安慰了。

书信三

再也没有什么羞辱我未曾受过了；你已经想怎么屈辱我就怎么屈辱我了。尽管我恼恨，多次斗争，并一再下定决心，要保持坚贞，但结果如何呢？如果我少抵御一阵，我也许还不至于被弄得如此狼狈。我，我这个人，我竟然像年轻人那样谈恋爱吗？我竟然在一个女孩子身边待了两个小时吗？我竟在她面前眼泪汪汪地哭了一场吗？我竟让她来安慰我和可怜我吗？我竟让她用手绢来擦我昏花的老眼吗？我竟让她来教训我行事要理智并以感情为重吗？我多年的阅历和苦心思索已使我受益良多！我曾经无数次对我二十岁时的所作所为感到赧颜，可如今已行年五十，却又故态复萌！唉！我活到今天还要如此丢脸！现在，我至少要真心悔悟，恢复我原来的真诚，不过，我现在已身不由己，陷入了你使我产生的感情，沉湎于你使我得到的欢乐，并安于你使我所处的卑下地位。当我想到我在这样的年纪跪在你面前的情景时，我就感到恶心，自己憎恨自己。不过，我一会儿又忘乎所以，尽情享受我得到的欢乐。唉！我那时忘了我自己，我眼中只看见你。我钟情的女人:你的美,你的情,你讲的那些话,充实了我的生命;你的青春给我以青年的活力,你的理智使我行事处处谨慎,你的美德启发我为人要重德行。因此,你敬重的人,我怎能轻视呢?你称之为朋友的那个人,我怎能恨他呢?唉!你用打动我的心的声音请求我给你以父亲的爱,你要我称呼你为女儿;你这两句话使我的头脑立刻清醒。你的话说得那么温柔,你对我是那么的亲切和纯真,我感到非常高兴,同时也感到心碎,禁不住自己竟流出了既是爱又是悔恨的眼泪。我觉得,正是由于我处在这种尴尬的地位,我反倒特别幸福。如果我只能讨你的欢喜,我也许还不会受到你这么亲切的对待。

是的,我已经把我的情意送到了你的心里,你的心怜悯我,但不爱我;这一点,我十分清楚。但是,在我看来,你对我的怜悯具有爱情的魅力。唉!我不是曾经看见过你为我流泪吗?你的眼泪不是曾经滴在我的脸颊上吗?啊,你的眼泪,它使我心中产生了一种烈火焚身似的剧痛,然而,我不正是因为这样才成为男人当中最幸福的男人吗?是的,我战胜了我等待已久的骄傲的女人,我当然是男人当中最幸福的男人!

是的,我希望这两个小时的情景不断重现,让我在今后的岁月中能经常见到它或回忆起它。在我这一生中还有什么可与我以这种姿态依偎在你身边的感受相比的?我受到了羞辱,我失去了常态,我被人取笑,然而我得到了幸福。我在这短短的两小时中领略的乐趣,比我这一生得到的乐趣还多。

真的，萨娜，我说的是真话，迷人的萨娜。我的悔恨消逝了，我受到的羞辱全洗刷了。我忘记了我自己，我只感觉到爱情的火焰在吞噬着我。尽管我身上戴着你给我的枷锁，我也不怕全世界人的嘲笑。别人对我有什么看法，那有什么关系？只要你说我有一颗青年人的心，这就足够了。寒冬想用冰雪掩盖埃特拉[1]，这纯属枉然，它心中依然在燃烧着炽热的火焰。

书信四

唉，我畏惧的人是你吗？我不好意思爱的人是你吗？萨娜呀，可爱的姑娘，你这个心灵比容貌还美的姑娘！如果我今后能拿什么东西来夸我自己的话，那就是我这颗能感受你的全部价值的心。毫无疑问，我对我曾向你求过爱而感到羞愧，不过，我羞愧的是，在我向你求爱之时表现得太俯首帖耳，忧忧郁郁，意志消沉，与你这个人太不相配。半年以前，我的眼睛无时无刻不仔细观看你迷人的容貌，我的心时时都在尽情领略你人品的美。半年以前，你是唯一占有我的心的人，因此，我完全是为了你才那样使用我的生命的，只是到了昨天我才终于明白我应当怎样爱你。当你对我讲话的时候，你的言词足以感动神灵。我觉得你的举止、面容和神情都变了。我不知

[1]埃特拉：西西里岛上的一个活火山。

道是什么超自然的光使你的眼睛那么明亮,似乎有一道道光线环绕着你。啊,萨娜!你的确不是一个凡间的人,如果你是上天为了引导一个误入歧途的人而派到地上的天使,就请你明白告诉我,也许现在还为时不晚,再也不要让你的形象受到我身不由己地产生的希冀的亵渎了。唉!如果我的希望过奢、欣喜过度或过于冒失地对你表示敬意,就请你帮我纠正这使你感到冒犯的过错,并告诉我应当如何爱你。

萨娜,你已经用种种办法征服了我。如果你看见我犯了荒唐的错误,你就狠狠地使我感到我的错误之荒唐已到了何等程度。我把你的行为和我的行为一加比较,我立刻发现一个少女原来是一个贤人,而我只不过是一个行动幼稚的老头。你温柔的表现中充满了高雅、理智和友善,比用严肃的表情更使我感到我应当怎样对你,比你用责备的话更使我感到羞愧。你昨天谈话时的音调,尽管比平时只稍稍严肃一点儿,但已使我认识到我不该再次使你处于非那样说话不可的境地。萨娜,你的意思我全明白,因此我想向你表明:尽管我不能用我的爱讨你的欢心,但我要以这种情谊感动你。我虽误入了迷途,但为时甚短;你向我指出这一点,就够了。你放心,我会迷途知返的。不论我已多么的疯狂,但只要我一发现它的危害之大,我是绝不会再做此蠢事的。当我做了应受谴责的事时,你只劝说我不要那样行事;我犯了大罪过,而你却说是小错误。你没有对我说出的话,我心里是知道的。我在你身边的表现该怎么评论，你虽一句话也没有说，但我希望：即使我做了卑污的事而不自知，你也要看到我的心并不卑污。当然，我之所以说我是有罪的，并不是因为我的年龄太大，而是因为你的年纪太轻。我虽自惭形秽，但我绝不愿我的言谈举止有失尊严。三十岁的年龄差距，固然使我明白我的行为是可羞的，但没有使我看到你可能遇到的危险。啊！什么危险？我不敢斗胆说我看得很准，但我要告诉你：即使我不设下玷污你的童贞的陷阱，但只要你稍欠端庄，我就会成为一个勾引少女的人，而且，我做了错事还不自知。

萨娜呀，你的品德还有待于更加严峻的考验；你对你的魅力的使用，最好是慎加选择。我应如何履行我的责任，并不以你的品德和魅力为转移，我是该怎么做就怎么做的。愿你永远忘记，不再回忆我的过错！我自己也要忘掉它们！不过，这是做不到的。我的错误，我终生都记得。大错已成，我愈想把它们忘得一干二净，它们反而愈深深地刻画在我心里。我命中注定：爱情的火焰将在我身上燃烧到我生命的最后一刻。这是任何力量都无法熄灭的；它每燃烧一天，就会使我的希望多失去一分，荒谬的想法多增加一分。这一切，过去是不由我做主的，萨娜，现在可以由我做主了。我以一个从不伪装的男人的名义向你保证：我在那段被又可笑又可怜的情欲驱使的日子里说的话，我从此不向你再说。不过，我虽可以不让我的情欲再次表现，但我不能使它永远窒息。我向你保证我不再说那些话，我的意思是说：我今后永远不会对你说我应当绝口不谈的事情，而且，正如我不允许我的嘴说我不该说的话，我也不允许我的眼睛看我不该看的东西。我也要求你大发善心，切莫让你的嘴来问我这其中的可悲的秘密，也莫让你的眼睛来窥探其中的原因。我已做好准备，接受一切考验，但你的目光除外，因为，你很清楚，你想使我不实行我的保证，不照我所说的话办，那是太容易了。你想做到这一点，是十拿九稳的，但对我来说，就太令人难受了。难道说，你美丽的心灵要以此为乐吗?你不能这样做，圣洁的萨娜，你千万不要伤害我这颗爱你的心。你已经夺走了我心中的全部勇气，现在，请你至少要给它留一点儿美好的东西。

我既不能够也不愿意收回我向你暗中透露的可悲的秘密，现在已为时太晚了，就让它们留在你心里好了。对你来说，它们已无多大意义，如果不经常回忆的话，不久就会忘掉的。唉，在我此刻伤心难过之时，如果我不想到有你在同情我，我的境况就更加苦不堪言了。你现在应当多同情我，以免将来再回过头来安慰我。今后，你将看到我该怎么做人就怎么做人了。不过，我现在是什么样子，你可要看明白了，因为今后你再也听不到我的话，而只能看我写的信了。我对你的要求，就是这些。以后，若我再次来到你的身边，我一定要像来到女神面前那样，绝不动一丝一毫的情欲。你的高尚的品德使我不敢贪看你的美；你纯洁了我的心。既然我以后不再对你说不适合于你听的话，我也就不再担心我会成为一个勾引少女的人了。你将不再看到我做可笑之事，而我也不会使自己成为可笑之人了。我再也不愿意做犯罪之事了；即使要犯罪，我也要到离你很远的地方去犯。

我给你写信吗？不，我不想给你写了，你也可免去看信之苦了。如果你愿忍受这份苦，我反倒不那么敬重你了。萨娜，我给你这件武器，让你用它来反抗我。你能成为我性命攸关的秘密的保存者，但不能成为我的知心，不了解我为什么要把这个秘密交给你。只要你知道这一点，就够了。要我重复我说过的话，这太使人为难了。我闭口不说了，我还有什么可说的呢？今后，如果你把你的情人只看作是你挑选的朋友，倒不如现在就把我撵走。我不用逃跑的方式离开你，但我要对你说：我们今生永别了。这是我能对你做的最后一个牺牲。我只有这样做，才不辜负你的美德和我自己的心。❶

书信五❷

不，这个世界不太平，我的心毫无太平的感觉。这不是你

---

❶以上四信，载1781年日内瓦出版的卢梭《遗作补编》第169—185页。

❷此信首次发表在1946年吉耶蒙在《巴黎展望》九月号上刊登的《关于让-雅克·卢梭的几部未发表的作品》。

的过错，亲爱的萨娜，这只能怪我，或者说得更确切一点，这要怪命运，因为它把唯一能使我感到幸福的乐趣移到了离我那么遥远的地方。你知道吗？这种乐趣，不是占有你的心，也不是占有你这个人。我在想象中始终把你安置在我可望而不可即的地方。我的感情，我的强烈的感情，从未迷惑过我的眼睛使我看不见那个地方。我的情欲虽使我误入歧途，但它从未引诱我去犯错误。我听任它的力量推着我走，却永远走不到任何一个能吸引我的目的地。我最大的愿望是：你能看到我爱得发狂，但我做的傻事又不至于使你看不起我。你是了解我的狂热的爱的；你同情我，安慰我。如果这令人如此陶醉的情况能永远存在的话，我将永远感到欢喜，我的幸福也就能永远长存了。如果你能做到只让我悄悄地爱你，我就愿意把我的时光消磨在这甜蜜的境地。这样，虽然我不能把我的爱传达给你，我也享受到了爱的乐趣。我的心充实了，而你的心却空虚了。你的心不会永远空虚，但填补它的人不是我。萨娜，如果你爱我，你就尽情地爱我，我是该受这种可怕的苦刑的，我早就料到我终有一天将受此折磨。应如何评论我没有屈服于命运的摆布，我心里是清楚的。不过，我感到害怕的是，你的命运将取决于另外一个人的命运。不，我感到失望的，不是我未曾得到你的爱，而是另外一个人也很可能如此。我这样痛苦，全是为了你这天使般的少女。只要他也有我这样的心，我就会原谅他，然而，谁能像我这样爱你呢？[1]

李平沤　译

[1]对于这个问题，卢梭回忆乌德托夫人在奥波纳的树丛中回答说："从来没有一个情人像你这样爱过。"参见卢梭《忏悔录》卷九。

爱情的幽灵

〔法国〕夏多布里昂

我用所有见过的女人组合成了一个女人：她有着紧紧拥抱着我的那个陌生女人的身材、头发和微笑，我给了她村子里某个姑娘的眼睛，另一个姑娘的鲜丽。客厅里挂着的弗朗索瓦一世、亨利四世和路易十四时代的那些贵妇的肖像向我提供了别的特征，我偷取风韵直偷到了教堂里的那些圣母画。

这个诱惑者到处跟着我，但我看不见她；我跟她说话，就像她是一个真实存在的人；她跟着我的疯狂变化：不戴面纱的阿佛洛狄忒[1]，身穿蓝天和露水的狄安娜，戴着笑盈盈的面

---

[1]罗马神话中的爱神。以下，狄安娜为罗马神话中的女神，塔利亚为司喜剧的缪斯，赫柏为希望神话中的青春女神。

具的塔利亚，手持青春的金杯的赫柏，她常常变成一个向我展示其自然状态的仙女。我不断地修改我的画；我去掉我的美人的一种魅力，换上另一种。我也更换她的饰物；我向所有国家、所有时代、所有艺术和所有宗教借用饰物。然后，当我完成一幅杰作，我就将我的画和色彩打散；我那唯一的女人就变成许多女人，在她们身上，我分别地将那些我曾集合起来加以崇拜的魅力奉为偶像。

皮格马利翁对他的雕像也没有那么多的爱，因为我的困惑在于取悦我的雕像。我根本不知道如何才能被爱，反倒挥霍起我原本缺乏的东西。我像卡斯托耳❶和波鲁克斯那样骑上骏马，像阿波罗那样弹起竖琴；马尔斯舞弄起他的兵器也没有那么多的力量和灵巧；小说或历史的英雄，我编造出多少想象的奇遇！摩尔文❷的女儿们的影子，巴格达和格林纳达的素丹，古老的小城堡里的女主人；亚洲的沐浴、芳香、舞蹈、逸乐，一切都被我用一根魔棒据为己有。

于是来了一位年轻的女王，遍身钻石和鲜花(这一直是我的女气精)；在那不勒斯或迈锡尼的芬芳的海岸，在海浪拍打着的宫殿的长廊里，在恩底弥翁❸的光亮射入的爱情的天

---

❶希腊神话人物，与波鲁克斯为兄弟俩，以驯马者和拳斗士闻名。
❷未详。
❸希腊神话中的美男子。

空下，她半夜穿过橘园来找我；她，这个伯拉克西特列斯[1]的活动的雕像，走在不动的雕像、暗淡的图画和月光静静地漂白的景物之中，她跑在镶嵌大理石上的轻柔的声响和波浪的难以察觉的低语声混成一片。巨大的妒忌包围了我们。我跪倒在埃纳[2]乡间的女王膝下，她朝我的脸俯下她那16岁的头，散开的冠冕形的头发如卷曲的丝抚弄着我的额头，她的手紧压在我那跳动着尊敬和快感的胸前。

当我走出梦幻，重现为一个默默无闻的小布列塔尼人的时候，没有光荣，没有美貌，没有才能，引不来任何人的目光，来去无人知晓，永远不会有女人爱，于是，绝望攫住了我：我不敢再抬眼看我拴在我的脚步上的那个光辉形象了。

郭宏安　译

---

❶公元前四世纪雅典雕刻家。
❷地处意大利西西里。

白碧达❶

〔法国〕雨果

……我记得那时我还是个孩子，满面春风而容光焕发的小学生，和我的两个哥哥一起在这荒芜的花园里一片草木葱茏的漫长的幽径上嬉戏，奔跑，叫喊，我最初的岁月就在这修道院古老的围墙内度过，美惠谷阴暗的圆盖就从它的铅顶上俯视着这片园地。

后来，过了四年，我又来到这里，虽然也还是个孩子，但已经喜欢幻想而又充满激情。在这僻静的花园里有个小姑娘。

---

❶此章显然是作者一段间接的隐情。雨果为我们描绘的 1812 至 1813 年间和他一起在斐扬蒂纳街住所园子里的正是他未来的妻子。

这位西班牙小姑娘，长着一对大眼睛，一头浓密的长发，闪着金光的褐色皮肤，红红的嘴唇，粉红的面颊，是个14岁的安达卢西亚女孩子，名字叫白芭。

我们双方的母亲叫我们一起去赛跑；我们于是到这里来散步。

两位母亲叫我们去玩，我们这两个同岁但不同性别的孩子于是交谈起来。

可是，只有一年，我们一起赛跑，一起竞争。我每每和白碧达争夺苹果树上最好的苹果；我每每为一个鸟窠打她。她哭，我就说："活该！"我们两个人每每去向自己的母亲申诉，她们总是高声地批评我们不对，低声地说我们有理。

这会儿她靠在我的胳臂上，我十分骄傲又十分激动。我们徐徐漫步，窃窃私语。她掉下了手帕，我替她拾起来。我们的手在接触时直打哆嗦。她对我谈起小鸟，谈起她在那儿看见的星星，谈起树丛后面鲜红的夕阳，或者谈起寄宿学校里她那些女友，谈起她的连衣裙和饰带。我们说些天真烂漫的话，双双脸涨得通红。小姑娘变成了大姑娘。

这天晚上——这是个夏夜——我们在花园深处的栗树下。在每每笼罩着我们的散步的一阵长久的沉默之后，她松开我的胳臂，对我说："我们赛跑吧！"

我再看了她一眼；她穿着一身黑衣，正替她的祖母戴孝。她脑子里起了个孩子气的念头，白芭又成了白碧达，她对我说："我们赛跑吧！"

她在我前面跑了起来，只见她那苗条的身材宛如蜜蜂的胸衣，她那娇小的双脚把连衣裙一直撩到膝盖。我追她，她逃；她奔跑中的风时而卷起她那黑色的短披肩，让我看见她那褐色鲜明的背部。

我再也控制不住自己的感情。我在坍塌的老井旁追上了她；凭着获胜的权利，我抱住她的腰，让她坐在草地的长凳上；她没有抗拒。她气喘吁吁，露出笑容。我呢，却一本正经，透过她乌黑的眼睫毛凝视着她那对黑眼珠。

"你坐到这儿来。"她对我说，"天还很亮呢。我们读点东西吧。你有书吗？"

我随身正带着斯帕兰札尼[1]的《游记》的第二卷。我信手打开书，向她靠拢了些，她把她的肩膀贴着我的肩膀，我们各自低声地朗读起同一页来。在开始新的一页之前，她总是不得不等我。我脑子动得不如她快。

"你读完了吗？"往往我刚开始读她就问我。

这时，我们的头碰在一起，我们的头发混在一起，我们的呼吸渐渐融为一体，我们的嘴突然贴在一起。

等我们想继续往下读的时候，已是满天繁星了。

"啊！妈妈，妈妈，"回家时她说，"你可知道我们跑得多快

---

[1]斯帕兰札尼(1729—1799)，意大利生物学家。

活呀！”

我呢，保持着沉默。

“你一句话也不说，”我的母亲对我说，“你好像有什么心事。”

我内心深处正藏着个极乐世界。

这是我一辈子也忘不了的一个晚上。

啊，我一辈子也忘不了！

张秋红　译

西尔维

〔法国〕奈瓦尔

我昏昏欲睡，整个逝去的青春在脑际浮现。在这种朦胧状态里，神志尚未完全屈从于梦幻的怪诞的驰骋，几分钟内能够重温过去长期生活中最突兀的情景。

我看见一座亨利第四时代的城堡：高耸的青石板屋顶的尖塔，城堡正面淡红色的墙，镶着黄石块的锯齿状的墙角，榆树和椴树掩映的青草地，夕阳用它火红的光芒穿透树枝。少女们围成圆圈在草地上跳舞，一边唱着母亲教给她们的古老的歌谣，歌词是非常纯正质朴的法语，提醒人们这儿就是瓦卢瓦[1]古老的土地。一千多年来，法兰西的心脏就在这儿跳

---

[1]瓦卢瓦：古法国地名，在今天的埃纳省和瓦兹省。

动。

舞圈里我是唯一的男孩。我是和我的女友西尔维一道来的，她是邻村的一位姑娘，黑眼睛，窈窕的身材，微褐色的皮肤，是那么活泼和鲜艳！……我只爱她，我眼睛里只有她，直到此刻，我对舞圈中那位被人称为阿德里安娜的修长的金发女郎几乎没有留意。突然，按照舞蹈规则，阿德里安娜和我走到圆圈中央。我们一般高。大家叫我们接吻，而此刻舞跳得更欢，歌唱得更畅。在吻她的时候，我不禁紧紧攥着她的手。她金色的鬈发轻拂着我的面颊。从此刻起，我陷入一种莫名的惶惑。美丽的姑娘必须唱一首歌才能回到舞伴中去。大家围着她席地而坐，她随即用清新动人、略显低沉的嗓子唱了一首如怨似诉的古老的抒情歌曲。这类歌曲的内容不外是某位公主违拗父王的旨意，有了自己的意中人，勃然大怒的父亲把她关闭在高耸的塔楼里，作为惩罚。每节歌都以颤音结尾；年轻人用抑扬的歌喉模仿祖先颤抖的声音，真是模仿得惟妙惟肖。

她歌唱时，大树的阴影笼罩着草地，刚刚露面的月儿仅仅照耀着她，把她同周围洗耳静听的伙伴们截然隔开。她唱完了，但谁也不敢打破沉寂。草地上雾气弥漫，晶莹的露珠在草尖滚动。我们恍然置身仙境。我终于站立起来，朝古堡前的花坛奔去；那儿摆着几个单色陶盆，里面种着月桂。我采撷了两条桂枝，编成一个桂冠，用丝带扎好。我把这顶桂冠戴在阿德里安娜头上，在皎洁的月光照耀下，月桂叶在她金色的头发上闪光。她好像但丁的拉·贝阿特里斯，向在圣土边缘飘泊的诗人微笑。

阿德里安娜舒展她修长的身躯，以优美的姿势同我们道别，然后跑步进入古堡。据说，她是同前法兰西国王有血缘关系的一个世家的后裔，瓦卢瓦❶的血液在她血管中流动。因为今天是节日，家人允许她参与我们的游戏。我们从此不会再看见她了，因为次日她要返回她寄宿的修道院。

我回到西尔维身边时，看见她在抽泣。我赠给金发女郎的那顶桂冠是她落泪的原因。我说我要为她另外编一个，她说她不配，不要。我徒然地为自己辩白，在我陪送她回家的路上，她一言不发。

为了继续学业重返巴黎的时候，我带着双重的怅惘：一方面是失去的亲切的友情，一方面是模糊的、不可能实现的爱情。这种悲哀是中学的哲学课所无法平息的。

唯有阿德里安娜的形象仍然萦留在我心间，那璀璨和美丽的幻影给我严峻的学习生活带来几分欢愉，或者分担我身上的重负。次年暑假，我得知这位隐约瞥见的丽人遵循她父母的意志出家了。

我的一切都要用这梦幻般的朦胧回忆来解释。我对一位

❶此处指瓦卢瓦王族，在历史上曾经统治法国。

女伶的模糊无望的爱情❶——每晚看戏时它攫住我的心灵，直到临睡时才松开——的根源就是对阿德里安娜的怀念。她是皎洁月光下开放的花朵，她是白色雾霭中青草地上漂浮的玫瑰色和金黄色的幽灵。多年来已经忘却的影影绰绰的面孔从此非常清晰地出现在眼前；这是一幅变成肖像的由被流逝的时光所模糊的铅笔速写，就像博物馆中陈列的那些受人赞美的大师们的草图，那灿烂夺目的作品是要到别处去寻觅的。把我对一名修女的爱情寄托在一位女伶身上……而且设想她们是同一个人哩。其中确实有足以令人疯狂的东西！这是一种无法抗拒的魅力，其中的未知数吸引着你，就像那在长满灯心草的一潭死水上面倏忽即逝的磷火……让我们重新回到现实中来吧。

可是，我曾经如此爱恋的西尔维，为什么三年来我把她忘却了？

程依荣　译

❶内尔瓦尔在巴黎爱上了女演员奥雷利，每晚看她演出，但又不敢向她表白爱情。后来他结识了这位演员，并且带她到瓦卢瓦旅行。但当她得知诗人在自己身上寻求的是阿德里安娜时，愤然离去。诗人后来才知道他寻找的阿德里安娜多年前已经病死在修道院里了。

星星

——一个普罗旺斯牧童的叙述

〔法国〕都德

那时候，我在吕布隆山上看守羊群，整整几星期都见不到一个人，牧场中只有我独自一人跟我的狗拉布利和一些小羊羔相守，偶尔，虞尔山采草药的隐士从那儿经过，或者看到一张比埃蒙烧炭人的黑脸。但这些都是质朴而沉默寡言的人，由于孤独失掉了说话的兴趣，也完全不知道山下的村子和城镇里人们谈论的事情。每隔十五天，我们农庄的骡子才给我运一次粮食来，当我在上山的路上，听到骡儿的铃声，看到村童那机灵的脑袋和诺拉德大娘的红头巾在山顶上一点点地现出时，我真是感到幸福极了。总要让他们给我讲一些山下的新闻：谁受了洗，谁结了婚……这一类的事情。

尤其使我感兴趣的，是了解我们农庄主的女儿，丝苔法耐特小姐的近况，她是我们方圆十里的范围内最美丽的姑娘！我装出并不特别关心的样子，打听她是否总去参加节日的筵席、晚间的聚会，是否有新的情人来找她，如果有人问我这些事情跟我这个可怜的深山牧童有什么关系，我可以回答说：我已经二十岁了，而这位丝苔法耐特小姐是我有生以来见到过的最美的姑娘。

一个礼拜天，我在等待每半个月一次的口粮，口粮却很晚才送到。早晨，我寻思可能是因为人们忙做“大弥撒”的缘故；快到中午时，来了一场大暴雨，我估计是由于道路太坏，骡子没法上路；哪知到了下午三点钟，天晴如洗，满山的水珠在阳光下闪烁，明亮得耀眼，在那树叶的滴水声和溪流涨水的澎湃声中，我听到了一阵骡铃的叮当声，它像复活节教堂钟楼上的一串串钟声那样欢乐和轻快。但赶骡子的却不是小村童，也不是诺拉德大娘，而是……你们猜是谁？孩子们！居然是我们的小姐，我们的小姐本人！她端坐在那些柳条筐之间，山上的空气和雨后的清凉使她的面颊变得绯红。

美丽的丝苔法耐特一边从骡子上跨下来，一边对我说道：村童生了病，诺拉德大娘请假到孩子家去了，她本人因为迷了路，所以才来迟了。但是见她扎着花带，穿着华丽的裙子和花纱，打扮得像过礼拜日一样漂亮，与其说她是在树林里迷了路，倒不如说是在哪里跳舞耽搁了时间。啊，可爱的精灵，我的眼睛永远也不会把她看够！我也从来没这样挨近地看过她！记得冬天里羊群下了山，傍晚，我回到农庄吃晚饭，有几次看到她迅速地走过饭厅，从来不跟用人们说话，总是打扮得漂漂亮亮，带着几分傲气，而此刻，她就在我面前，仅仅是为我而来的，我怎么能不为此感到慌乱呢？

丝苔法耐特把粮食从篮子里取出之后，便好奇地朝四周张望，撩起她那怕弄脏的礼拜日穿的漂亮裙子，走进了牧棚，想看看我憩息的角落：那铺着羊皮褥子的干草窝铺，挂在墙上的大斗篷，赶羊的木棍，打火石……这一切都使她感兴趣。

“那么，你就是在这儿生活么？我的可怜的牧童，你一定觉得寂寞吧？你在做些啥、想些啥呢？”

我真想回答她说：我想的就是你呀，我的女主人！其实我并没说谎，可是我竟然慌乱得连一句话都说不出来了。我相信她也觉察到了这一点，而这调皮的姑娘却故意戏弄地打趣我，使我变得更加窘迫了。

“喂，牧童，你的心上人有时也上山来看望你么？这大概是只金色的小山羊？要不就是那位专爱在山顶上奔走的仙女艾斯黛尔？”

她仰着头带着美丽的微笑跟我说话的样子，自己倒有点儿像仙女艾斯黛尔了。而且，她的来去匆匆使得她的降临成了昙花一现！

“再见了，牧童！”

“祝您幸福，女主人！”

就这样,她带着空篮子走了。

当她从山坡的小路上消失时，骡蹄下那些滚动的小石子,就像是一块块地砸在了我的心上,很久,很久,我还听得见它们的声音。直到日暮,我都一直像是沉睡在梦中似的,动也不敢动,唯恐我的梦幻失去。

傍晚,当山谷的深处开始变成蓝色,羊儿咩咩地叫着互相拥挤着拥进羊圈的时候,我听到有人在下面喊我,紧接着,我们的小姐出现在我面前，但她已不再像刚才那样地笑着,而是因寒冷、恐怖和潮湿全身颤抖着。看来是山下梭格河的水因暴雨猛涨,她想抢渡过去,差一点儿被淹死。可怕的是,到了此刻,想再赶回农庄,已不可能了,因为那条抄近的道路我们姑娘一人是肯定找不到的,而我又不能离开羊群。想到要在山上过夜,她非常难受,特别是怕她家里人着急,我只得尽我的所能安慰她,让她镇静下来。

“七月里,夜很短,女主人……受罪也只是一会儿罢了。”

为了给她烘干她的脚和被梭格河水浸湿的衣裳,我燃起一堆大火,然后,又把牛奶和干酪摆在她面前。可是这可怜的小姑娘,既不想烤火,也不想吃东西,看到大颗大颗的泪珠从她的脸上掉下时,我自己都想哭了。

夜幕完全降临了,只有山峰上还留着一线残阳,一抹落日的余晖。我想让小姐到木棚里去休息,于是,我把一张崭新的羊皮铺在干净的草褥上,向她道了晚安之后,自己就到羊棚外面的栅栏门前坐着……上帝可以给我作证:尽管爱火在我的血液里燃烧,我可没有任何邪念!只是感到一种莫大的骄傲:因为在木棚的一角,睡着我的主人的女儿。在那些好奇地看着她睡觉的羊群近旁,在我的守护之下,她像是一只比其他的羊儿更美丽、更洁白的小羊羔。我好像从来没感到过天宇是这样的深邃,星光是这样的灿烂……

忽然,羊棚的栅栏门打开了,美丽的丝苔法耐特走了出来,她睡不着。因为羊儿搅动得草垫发出声响,或是在梦中咩咩地叫着,她宁愿到外面来烤火。看到这样,我就把我身上的羊皮披在她肩上,重新把火拨旺,两人默默地靠在一起坐着。

如果你曾经在美丽的星空下度过夜晚,你就会知道,当人们入睡的时候,在孤独和寂静之中,另一个神秘的世界却苏醒了过来。于是,流泉唱得更响亮,池塘里闪耀出火星,山上的精灵们自由自在地来来往往,空气中充满着难以觉察的细微的声音和响动,人们仿佛听到树枝在长,草儿在生一样。白天,仅仅是生物的世界,夜晚,却是万物的世界,当人们不习惯于这些时,是会感到害怕的。所以,一有点轻微的响动,我们小姐便战栗着将身子靠近我。有一次,从山下闪光的池塘里发出一声长长的哀鸣,震颤着向我们传来,同一瞬间里,一颗美丽的流星从我们头上向同一方向坠落下去,仿佛是我们刚才听到的长鸣带来的光亮似的。

“这是什么?”丝苔法耐特低声问我。

“一个进了天国的灵魂，女主人。”我划了一个十字。

她也划了一个十字，很虔诚地仰望着星空沉思了一会儿，然后对我说：

“真的，小牧童，你们这些牧人都是巫师么？”

“一点也不是，小姐，只是因为我们生活在这儿，离星星更近一些，所以对这些事比住在平原上的人知道得清楚些。”

她一直仰望着天空，用手托着头，身子裹在羊皮袄里，活像一个天上的小牧羊女。

“这么多星星，多美啊！我从来没见过这么多……你知道它们的名字吗，牧童？”

“当然啰，女主人……你看！那正在我们头上的，是‘圣雅克之路’(银河)，它从法兰西一直通到西班牙。当年，勇敢的查理曼大帝和回教徒作战时，是圣雅克·得·加里斯为他画出来的路。再离远一点，你看到的是‘灵魂之车’，(大熊星座)和它那四根闪闪发亮的车轴，走在车前面的三颗星是‘三只牲畜’，而靠近第三只牲畜的那颗很小的星星，是赶车的车夫。你还看到在它们周围那一片降落下来的星雨么？那是仁慈的上帝不愿意再留在天庭里的灵魂……朝下一些，是耙星，或叫‘三王星’(猎户星座)，这正是我们牧人用来当作时钟的，只要看看它们，我就知道此刻已经过了半夜了。

“再低一点，永远朝着南方的，闪耀着‘让·得·米朗星’(天狼星座)，它是众星之中的火炬。关于这颗星，牧人们有这样的传说：有一天晚上，‘让·得·米朗星’、‘三王星’和‘布西野星’(昴星，属仙女星座)一同被邀请去参加他们朋友中一颗星星的婚礼，‘布西野星’比较性急，便最先出发了，她走的是上面那条路，你看，就在那儿，天空深处！‘三王星’走下面的近路赶上了她，但是‘让·得·米朗星’这个懒家伙，因为睡得太迟而远远地落在了后面，他发了脾气，为了阻拦他们，他把自己的手杖向他们掷去。所以‘三王星’又叫做‘让·得·米朗的手杖’……然而，女主人，在一切星星中最美丽的，却是我们的星——‘牧人星’。她在黎明时照耀着我们把羊群赶出去，黄昏时又照耀着我们把羊群赶回来。我们也称她为‘马格洛星’，这美丽的‘马格洛星’总是跟在‘普罗旺斯之石’(土星)的后面跑，每隔七年和他结一次婚。”

“怎么？牧童，星星也结婚？”

“当然啰，女主人。”

当我向她解释星星结婚是怎么一回事时，我感到有个清凉、细腻的东西轻轻地压到了我肩上，原来是她那因困倦而变得沉重的头，连同华美的丝带、花纱和波浪般的秀发，一起倚到了我身上。她就这样一动不动地直到天上的星星变得苍白，然后再被初升的朝阳抹去的时候。而我呢？就一直在看着她睡觉，虽然内心深处有几分骚动，但这光明而圣洁的夜晚保护着我，它使我只能产生些美好的愿望！在我们周围，星星们仍在继续着它们那静默的行程，好像是一大群驯良的羊群，我却不时在想：在众星之中，有这么一颗最美丽、最明亮的星星，因为迷了路而来到了我身边，倚在我身上睡着了……

朱梵　译

爱情中对希望的审视(外三篇)

〔法国〕普鲁斯特

一个小时之后,她在我们眼里重又变成了现在的那个缺乏魅力的她。说真的,如果我们的心胸再博大一点,眼光再远大周全些,那么,在把她远远甩在我们后面的同时,我们仍然在记忆的路途中重新发现她的种种魅力。于是我们匆忙地驱赶那些不耐烦的希望和那些疲倦的牝马,投奔那个诗意盎然的村庄。当我们翻过山冈时,村庄再次流露出这些影影绰绰的和谐。平庸的街道、不相协调摩肩接踵的房屋消融在地平线后,几乎渗透村庄的蓝色雾霭徐徐飘散,所有这一切难以留住含糊的诺言。然而,正如那个把自己的不成功归咎于偶然、远远没有从现时的本质中揣测出一种无法挽回的不完善的炼丹术士,我们责怪恶毒的特殊情况:如此令人羡慕的环境带来的负担、恶劣的时机或者旅行中简陋的客栈扼杀了我们的幸福。某些人居然消灭了这些破坏一切快乐的原因，我们怀着一种有时是赌气的信心不断地祈求一种梦中的未来。然而一个实现的即绝望的梦从来没有破灭我们的这种信心。

但是，某些深思熟虑而又性情忧郁的人在希望之光的照耀下比其他人更加容光焕发，他们很快就会发现，可惜这希望之光的闪耀没有固定的时辰。不过大自然并不了解我们充满光亮的心灵，希望之光把光明滔滔不绝地洒向大自然却点不燃一只火炉。他们再也没有力量憧憬明知是不可企及的东西，追求他们采摘时在心中凋零的身外之梦。恋爱之中，这种忧郁的情况尤其如此而且更加严重。不断地对自己的希望思前想后的那种想象令人钦佩地把矛头指向绝望。痛苦的爱情在破灭我们的幸福体验的同时阻止我们从中发掘虚空。然而，哪一堂哲学课，哪一位老者的忠告，哪一种遭受挫折的抱负会把幸福爱情带来的欢乐变成忧郁！您爱着我，亲爱的可人儿，您这么说该有多残忍？唯有分享爱情极为幸福这种想法令我头晕目眩、咬牙切齿！

我弄散了您的鲜花，撩拨您的头发，解开您的首饰，我触摸到您的肌肤，我的吻犹如漫上沙滩的海水遍及您的全身，而您却带着您的幸福离我而去。必须跟您分手了，我独自一人回家，心情更加悲伤。我诅咒上一次的不幸，永远地回到您的身边；我驱除了最后的幻想，我永远是不幸的人。

我不知如何鼓起勇气对您说这个。我刚才毫不吝惜地舍弃的正是我毕生的幸福或者至少是宽慰,因为您充满幸福的自信,有时令我陶醉的眼睛仅仅流露出您的明智和您的绝望已经告诉您的那种忧伤的醒悟。因为我们曾经高声说出彼此互相隐瞒的这种秘密,对我们来说再也没有幸福可言。我们甚至连希望的无私欢乐也没能留住。希望是一种信仰的行为,我们滥用了对它的轻信:它已经死灭。在拒绝享受之后,我们再也无法沉湎于希望的狂喜之中。毫无希望地希望也许非常明智却毫无可能。

靠近我吧,亲爱的心上人。擦亮您的眼睛看一看,我不知道使我的视线变得模糊的是不是眼泪,可我好像看清了在我们身后燃烧的熊熊烈火。噢,我挚爱的女人,我的宝贝,把您的手伸给我，让我们走向这美丽的火焰，不要太靠近它们……我想,是宽容和全能的回忆给我们带来了幸福,而且它正在为我们做很多很多事情,我亲爱的。

过去爱情中眼泪的来源

小说家或者他们的主人公对自己逝去的爱情的追溯在读者看来十分感人肺腑，不幸的是这种追溯非常矫揉造作。将我们逝去的爱情的博大与我们目前的绝对冷漠相对照,成千上万个细枝末节——言谈中再次提到的一个名字,抽屉中重新找到的一封信，甚至碰见某个人，或者进而言之，他事后的心得——使我们意识到一部艺术作品中如此让人苦恼、饱含泪水的对照。我们冷静地在生活中进行这种对照恰恰就是因为我们目前的现状就是冷漠和遗忘，我们的爱人和我们的爱情最多只能给我们以美学享受，烦恼和痛苦的感觉随着爱情一起消亡。这种对照带来的令人心碎的忧郁只是一种精神真实，同时也会变成一种心理现实，假如一个作家将之置于他要描写的激情的开头而不是结尾的话。

其实，当我们开始恋爱时，我们的经验和我们的智慧——不顾我们富于情感的心灵，甚至爱情的永恒幻想的反对——经常告诫我们，有朝一日我们也会对我们赖以为生的这个精神上的爱人无动于衷，正如我们现在对除此之外的所有一切无动于衷……我们听到她的名字不会感到一种肉体的痛苦，看到她的笔迹也不会发抖；我们不会为了在街上遇见她而改变我们的行程，即使碰到她我们也不会惊慌失措，我们将不带幻想毫无狂热地占有她。于是这种明确的预见让我们流泪，尽管我们始终热衷于如此强烈的荒唐预感；而爱情，即将像无比神秘而又哀伤的奇妙早晨降临到我们身上的爱情，在我们的痛苦前面略微展示了它那深邃而又奇异的宏大前景以及它那迷人的悲痛……

珍 珠

早晨回到家里，躺在床上，我浑身发冷，一阵忧郁冰凉的谵妄使我不寒而栗。刚才，在你的房间里，你前一天的那些朋友，你翌日的那些计划——还有数不清的敌人，为了对付我而策划的种种阴谋——你此时的各种想法——还有无数看不清走不完的路，所有这一切把你和我生生隔开。现在我已经远远地离开了你，然而亲吻很快就会唤来你不尽人意的出现，你那瞬间即逝的面具，在我看来，这样的出现足以向我描述你的真实面容，满足我对爱情的憧憬。可以走了，但愿伤心而又冻僵的我远远地离开你！然而，我们的幸福所熟悉的梦幻重新开始延伸，犹如闪烁的烈焰上滚滚的浓烟，在我的脑海里欢快地不断延伸，那又是中了哪种突如其来的魔法呢？被褥底下我那只被焐热的手再度散发出你给我抽的那种玫瑰香烟的味道。我把嘴唇紧紧贴在手上久久地回味这种香味，在记忆的暖流中，这种芬芳洋溢出浓浓的温情，浓浓的幸福和浓浓的那个“你”。啊！我挚爱的心上人，当我能够完全丢开你的时候，我就欢快地在对你的回忆中畅游。如今，对你的回忆填满了我的房间。用不着抗拒你那无法征服的肉体，我荒唐地这样对你说。我必须对你说，我不能丢开你。你的出现给我的生活带来的这种细腻、忧郁而又温暖的色调，宛如你夜晚佩戴的珍珠。如同这珍珠一样，我感受到了你的热情，伤心地细细品味这热情中的深浅浓淡；如同这珍珠一样，如果你不带上我，我就会死去。

湖畔相遇

昨天，去林园赴晚宴之前，我收到她的一封信，那是对八天前那封绝望的信十分冷漠的答复，信中说，她恐怕在动身之前无法跟我道别。我也十分冷漠地答复了她。是啊，事情最好就这样了结，但愿她夏季愉快。接着我换好衣服，乘坐敞篷车穿越林园。我伤心欲绝却又心平气和。我下决心忘记这一切，我打定主意：那只是一个时间问题。

汽车沿着湖边林荫道行驶，在距离林荫道五十米远、环绕湖边的一条小径尽头，我发现一位踽踽独行的女人。一开始我没有认出她。她朝我微微招手致意，我终于认出了她，尽管我们之间隔着一段距离。正是她！我久久地向她致意。她继续注视着我，大概是要我停车，带她同行。我对此毫无反应，可是我立即感到一种几乎来自外界的激情涌上我的心头，紧紧扣住我的心弦。“我曾经对此颇费猜测，”我思忖，“她始终无动于衷，其中必有一条我不明白的原因。我亲爱的心上人，她爱我。”一种无边无尽的幸福，一种不可抗拒的确信朝我袭来，我无法克制自己，忍不住抽抽噎噎地哭泣起来。车子驶近阿尔姆农维尔城堡，我擦了擦自己的眼睛，眼前出现了她那温情脉脉、仿佛要擦拭我的眼泪的招手；她那温情脉脉的注视，仿佛是征询我让她上车的目光。

我容光焕发地来到晚宴现场。我的幸福向每个人投射出欢悦、感激和友好的殷殷之情。没有人知道他们不熟悉的一只小手曾经向我挥动致意，这种感觉在我身上燃起欢乐的熊熊之火。每个人都能看到这种火光，它为我的幸福增添了神秘的快感。人们只等德.T夫人大驾光临，她马上就到。她是我所认识的人中最没意思、最最讨厌的家伙，尽管她还有几分姿色。然而我却庆幸自己能够原谅任何人的缺陷和丑陋，我带着诚挚的微笑朝她走去。

"您刚才可不大客气哟。"她说。

"刚才！"我惊讶万分，"可我刚才没有看到过您哪。"

"怎么！您没有认出我？您确实离我很远，我沿着湖边行走，您却骄傲地坐在车上。我向您招手问好，我真想搭您的车以免迟到。"

"什么，是您！"我叫嚷道，十分扫兴地重复了好几遍，"噢！我请求您原谅，真对不起！"

"他好像不快活！您好，夏洛特！"城堡女主人说，"不过您尽管放心，您现在不是跟她在一起了吗！"

我哑口无言，我的一切幸福就此破灭。

而且，最可怕的是：事情恰恰如此。不爱我的这个女人一往情深的形象在很长一段时间内改变了我对她的看法，尽管我已经承认了自己的错误。我试图跟她言归于好。我没有很快忘记她,在我痛苦的时候,为了自我安慰,我经常竭力使自己相信那是她的手,正如我一开始感觉的那样。我闭上眼睛,为的是再次看见她向我致意的小手,这双手如此惬意地擦拭我的眼睛,让我的额头清新凉爽。她在湖边温情脉脉地伸向我的那双戴着手套的小手犹如平安、爱情以及和解的小小象征,而她那征询般的伤心目光却似乎在请求我带她同行。

张小鲁　译

韦尔加

〔俄罗斯〕蒲宁

你听到了吗，有只海鸥在波涛汹涌的喧闹的海上发出那么凄戚的悲声？

在西边，在烟霭空濛的远方，黯黑的海水湮没在迷雾之中；礁石嶙嶙的海岸向着北方雾气沉沉的远处逶迤而去。阴风凄凄，冷彻骨髓。喑哑的海涛犹如越来越强烈的风暴刮过松林的树冠所激起的低沉的松涛，发出时高时低的深沉而又雄浑的叹息，伴同海鸥的声声哀鸣远远地传扬开去……你看到了吗，那只海鸥怎样张开强健的羽翼，任朔风将它吹得东颠西晃，在灰蒙蒙的秋雾中孤寂地盘旋？——这是坏天气的先兆。

打一早起，天就阴沉沉的。这里，在这晦暝的北方的大海上，在它荒漠的岛屿和海滨，终年不见太阳。要知道，现在是秋天，可北方比秋天更加阴郁。海水阴郁地膨胀了起来，变成昏暗的铁灰色。远远望去，广袤无垠的海平面高出了海岸，朝着西方雾气腾腾的万顷波涛涌去，可是疾风却又越来越迅速地把波涛从西方驱赶过来，并将海鸥的鸣声刮往邈远的处所。

“克里——埃！”悲戚、尖利的叫声随风刮来。

早晨，那只海鸥紧贴在拍岸浪上，忐忑不安地斜飞着。大海一刻不停地用翻滚的巨浪镶满海岸。海水隆隆地扑上海滩，把砾石吞入体内，好似沸腾的雪花那样咝咝有声地飞溅开来，旋即又像玻璃一般滑回海中，一边挡住翻滚而来的后浪，一边退往远处，猛烈地撞向礁石，訇然腾空而起……海鸥鸣叫着，向着浪间俯冲而下，平稳地掠过浪谷的海面，随后又猛然冲至后浪的浪尖，穿翔于浪花之中。凄风一无遮拦地把海鸥低低地压至海面。

后来海鸥好像累了。天色黑了下来，下起了雨，海鸥在风中乏力地颠晃着，越来越远地离开海边，往大海而去，只见它白晃晃的身影在雾霭中飘飘忽忽……你听到了吗，它愉快的呻吟是何等的凄寂？

暮色益浓，只能隐隐约约地看到它了。转眼间，黑夜降临，风雨大作，海上越来越频繁地闪现出一片片灰蒙蒙的浪花。拍岸浪的喧声越来越响，凛冽的厉风卷起一个个巨浪，旋即又狂暴地将它们撕裂，把飞沫和大海刺鼻的气息充斥天宇。

“克里——埃！”从远处什么地方，从下面，传来海鸥的鸣叫。

你听好，我这就和着北方大海的喧声，给你讲一则北国古老的神话。

1

这是很久很久以前的事了，已说不清发生在什么年代。

有个叫韦尔加的年轻、健康的姑娘，住在寒冷的北海边。在日落的方向，是漫无边际的大海，在东方——是砾石的海岸，走出渔村没几步，海岸便和长天融合在一起了。东方那边都有些什么，韦尔加不知道，也不想知道。她从未去过东方。她的父亲也从未去过，母亲也从未去过，姐姐斯涅加尔也从未去过。他们只知道大海。

韦尔加在大海边度过了她的童年。孩童时代转眼就逝去了，她的童年是多么的快活呀！冬天，只有在海天相连的地方才滚动着波浪，而近岸处则覆满了白雪。晚上，韦尔加睡在软绵绵的绒鸭毛的垫子上，醒过来一睁眼就可看到位于黑糊糊的矮屋中央的暖洋洋的炉火。夏天，每当旭日东升，便会拂来阵阵熏风，海水泛起涟漪，韦尔加去沙滩拾沙鸻和瓣蹼鹬的蛋，或者跑到拍岸浪前，伏卧在岸边，任海浪喧闹地扑向她……每逢夏天，她就这样快乐地消磨时光，与她做伴的有伊尔瓦利特和斯涅加尔，三人终日形影不离。

胖墩墩的斯涅加尔动辄哈哈大笑，而且喜欢唱歌，可是她却没有本事像韦尔加那样高声叫唤，那样勇敢地跳入喧腾的大海。可是伊尔瓦利特却有这样的本事，所以有一回韦尔加对他说：

“伊尔瓦利特，为什么你不是我的兄弟？伊尔瓦利特，为什么我不能有一个我会像爱你那样爱他的哥哥？那样的话，到了冬天我就不会因你不跟我在一起而感到寂寞。”

他瞥了她一眼，粲然一笑，蓦地掉过身向大海奔去。

“瞧，瞧，有潜鸟！”他朝她喊道。

于是他俩像一阵风似的，相互追赶着，朝海边奔去，那里的岩洞发出响亮的声音，巨大的礁石高高地兀立岸边，沉甸甸的海水隆然升起，在礁石之间涌动，像煮开的水那样沸腾着，嗞嗞地轰响着，随后海水又退下去，只见一股股海水从平滑的礁石上潺潺流下，汇合在一起。他俩在海边迎着海浪嬉水……

韦尔加的童年为什么这么快就过去了？

她越来越受不了在被大雪覆盖的矮屋内度过漫长的冬日。她十四岁了，而伊尔瓦利特已经十六岁，他如今三天两头儿就要出海捕鱼。每当他出海归来，韦尔加多么开心呀！

“亲爱的伊尔瓦利特，”她对他说，“你一出海就那么久，我真想哭；而一看见你回来，我的心就乐开了花！”

可是斯涅加尔已出挑成大姑娘了。伊尔瓦利特开始把韦尔加抛置脑后。他常常坐在斯涅加尔身旁，凝视着她欢快的脸蛋。而韦尔加则从远处注视着他们。她不愿意当着姐姐的面同他交谈。等到他沿着海岸回家去时，韦尔加便追上他，一直把他送到家门口。

“亲爱的伊尔瓦利特，”她对他说，“你为什么要在斯涅加尔身旁坐这么久？为什么痛苦要把我的欢乐遮蔽？”

如今韦尔加老是站在海边含着眼泪高声唱歌。当碰见女友时，她便闭上了嘴，脸色变得严峻而又傲然。

2

韦尔加父亲的矮屋位于远离渔村的礁石嶙峋、硬沙遍地的海岸上。每当涨潮时刻，潮水一直涌到他家门口。

如果涨潮时又遇暴风雨，那么海水甚至会迸溅到他家用潜鸟肠衣做成的窗户上，吓得斯涅加尔把唱了一半的歌咽回肚去，撂下手头的针线活儿，拔腿逃离窗口。韦尔加的老母亲嘟嘟囔囔地念着咒语，惊恐地谛听着风的呼啸。可韦尔加不怕暴风雨。她跟父亲一起走到风雨交加的门外，迎风撒下渔网，然后奔进海水中，任冰冷的海水忽涨忽落地拥抱她赤裸的双腿，替她洗沐，同时用瓦灰色的浪花装饰她的双腿，并用湿淋淋的淡绿色水草将它们缠住。韦尔加用脚把水草扯掉，迎风昂起头，挺着健壮的胸脯吸入湿漉漉的清新的海风，海风吹乱了她淡褐色的头发。身材匀称的、年轻的她就这么伫立水中，脸庞坚毅，碧眼锐利地望着远方。可远方只有圣彼得鸟成群结队地发出嘈杂的叫声，它们展开小小的羽翼，掠过海面，迎着訇然隆起又一泻如注的如山丘般的海浪的浪峰飞去。

姑娘们都管韦尔加叫愁眉苦脸的凶丫头，因为在韦尔加脸上从来见不到笑容，而且和姐姐一起做针线活时她从没唱过歌。可是韦尔加十五岁之前却从不忧伤，从不凶巴巴的。她的心像小鸟一样无所畏惧。韦尔加喜欢暴风雨和大海，喜欢太阳和大地，喜欢姑娘家的自由自在。只有伊尔瓦利特不在的时候，她才感到忧伤，她非常想对他讲，生活在世上有多么美好。

伊尔瓦利特已出海很久了。韦尔加已倦于日复一日地在海岸上踯躅，谛视着滚滚的波浪。她渴望她的呼唤能越过大海，传至伊尔瓦利特耳际，让他知道她天天等着他，等得都疲倦了，让他知道他不可以爱上斯涅加尔，韦尔加没有他就活不下去。

落霞处拂来熏风，夕阳沉入了大海，韦尔加回到姐姐跟前，对她说：

“亲爱的斯涅加尔，你想听我对你说说，夏风吹在身上有多么舒服，海水的气息有多么轻盈，伊尔瓦利特不回来，我多么难受，多么思念他？”

“不想听。”斯涅加尔一无心事、成竹在胸地坐在门槛上，回答道。

韦尔加离开她，坐到海岸上，久久地谛听暖和的海水怎样在沉沉的暮色中流淌，泪水好似暖和的海水一样落到她手上。

她一看到伊尔瓦利特，便开心得大叫了一声。他笑了笑，吩咐她把小船上的鱼和网搬到岸上。她顺从地和他一起忙了半天，待到一轮苍白的月亮升至海上，她已筋疲力尽。她坐在搬运一空的小船上，呼吸着习习的夜风。

“伊尔瓦利特，”她说，“我天天等你，我的心担惊受怕，泡在苦水中。你一回来，我顿时觉得浑身轻松了！”

可是伊尔瓦利特却坐在那里，管自仰视着月亮。韦尔加不觉害起臊来，因为伊尔瓦利特不回答她。她垂下眼帘，轻声问他：

“伊尔瓦利特，你听见我的话了吗？”

“听见了。”伊尔瓦利特说。

这时韦尔加的头低低地垂了下来，她说：

“伊尔瓦利特，把我娶回家去吧！我将跟你一起出海，我将唱歌给你听，跟你一起捕鱼。跟你一起生活在世上是多么甜蜜呀！”

“我永远不会跟你一起生活。”伊尔瓦利特斩钉截铁地回绝了她。“明天我又要出海，等我回来，就娶斯涅加尔做媳妇。我俩亲亲爱爱地度过冬天，待到夏天，便一起出海，好似一对潜鸟。”

“那么我呢？”韦尔加慢慢地说道，感到自己的心脏在沉重地搏动，“抛下我一人？”韦尔加大声说。

“是的。”伊尔瓦利特回答道。

韦尔加飞快地跳上岸，飞快地在岸上狂奔起来。远远地跑出一段路后，她扑到灰色的岩石上，朝着月亮大声喊道：“心痛啊！”随即她瘫倒在岩石上，呼天抢地恸哭起来。

3

你听到了吗，风在昏天黑地之中那么椎心泣血地呼啸？北方大海的脸阴了下来！

第二天早晨，秋天降临了，海浪变得沉甸甸的，在昏暗的迷雾中喧闹不已。当刺骨的寒风刮到韦尔加身上时，她跳起来，纵身跳入海中。可是海浪将她托起，抛回远远的海岸。

“大海不愿意我死，”韦尔加对自己说，“我该先把伊尔瓦利特杀死。”

于是她默默地回到家里。脸上的泪水干了，严峻的脸庞显得很平静，可她的心底却忧愤莫名。

"斯涅加尔，"她对姐姐说，"伊尔瓦利特走了？"

"是的。"斯涅加尔回答说。

"他什么时候回来？"韦尔加问。

"什么时候海上下起湿漉漉的初雪，大海变得天昏地暗的时候，他就回来了。"斯涅加尔回答道。

韦尔加听完姐姐的话，吃了点鱼，随后坐到矮屋的门槛上。她冒着寒风，在那里坐了整整一天，两条眉毛痛苦地紧锁在一起。直到天黑，她才回屋。可第二天一早，她又坐到门外，等伊尔瓦利特回来。在没有下湿漉漉的初雪之前，她就这样度过了一个又一个白天和晚上。

"伊尔瓦利特很快就会回来了。"韦尔加寻思道，这时一种受尽屈辱后的甜蜜的悲痛充溢她的心房，反复折磨着她。"我杀了他，随后自尽，安眠墓中。"

可是伊尔瓦利特没有回来。已是暮色苍茫了，韦尔加越来越坐不住，不时从门槛上站起来，伫立门前，尽目力之所极凝望着大海。韦尔加的老父在沉沉的暮色中，走出矮屋。风吹乱了他灰白的长发。

"韦尔加，我的孩子，"他慈爱地说，"你为什么要走出自己的家门？马上就要起风暴了，夜间的风暴凶险莫测，面对这样的风暴，人的心会愁上加愁。帮我用柱子加固四墙，帮我搬石块压住海豹皮的屋顶，我们一家子好同在一个屋顶下躲避风雨,度过长夜。"

听到父亲充满温情的话语,韦尔加的心战栗起来,她不由得怜悯起自己、父亲和伊尔瓦利特来。她连忙帮父亲干活。风几乎把父女俩刮倒,整个空中弥漫着水尘,就像在海上遇见风暴时一样。海浪用毛茸茸的浪花径直拍打着窗户,韦尔加吓得赶紧进屋。

回到伸手不见五指的屋里后,她突然想起,许多年以前伊尔瓦利特还是个半大小子的时候,有天晚上曾在他们家留宿。那天夜里,他是她的客人,她亲自为他铺床,作为好客的主人,她还按照习俗,在入睡前吻了他。她回忆着她所心爱的他的脸庞,心头越发充满了对他的爱怜。她忘掉了自己曾经想杀死他,从床上一跃而起,胆战心惊地倾听着。透过呼呼的风声,她似乎听到了他的呼救声。整整一夜,她吓得浑身哆嗦,直到凌晨再也支撑不下去了,她才睡着了。

大海安静了下来,冬日砭骨的寒气笼罩了四周。韦尔加一觉醒来,天已大亮,只见斯涅加尔推开大门,跨过门槛,径直朝她走来。

"韦尔加!"她说道,"风暴把伊尔瓦利特刮往冰海的荒岛去了,他的渔船裂成了碎片。现在海上只有他一个人,等待着他的是死亡——冻死、饿死、被海鸟的利喙啄死。"

"是谁跟你说的?"韦尔加喊叫道。

"我去找了算命的恰尔娜,她用潜鸟的肠衣给我占了卜。"斯涅加尔说罢，双手捂住脸，失声哭了起来。

"斯涅加尔……"韦尔加本想好言安慰几句。

可是她严峻地皱了皱眉头，伸出有力的手，一把将大门打开了。

4

她沿着海岸朝北飞奔而去。在晦暝、寒冷的暮色中，她踏进恰尔娜的小屋。屋内生着堆篝火，红红的火苗欢蹦乱跳，屋内暖洋洋的。

"啊，未卜先知的神人，教教我吧！"她大声地央求恰尔娜，"指引我怎样去搭救伊尔瓦利特！"

"赶快上路！"恰尔娜说，"你要在海上航行两个白天和两个晚上才能救出伊尔瓦利特。要是第三天破晓前，你没赶到，他就死了。不过，韦尔加，告诉我，你可曾听说过荒凉的冰海，那里像开天辟地时那样渺无人迹、凄厉忧伤？"

韦尔加的心房像一条被逮住的鱼那样忐忑乱跳。

"恰尔娜，可怜可怜我吧，"她回答说，"要我舍弃性命，我感到痛苦。但是非要舍弃不可，那你就告诉我，我该怎么办？"

"你要在海上度过两个白天和两个晚上，忍受着忧伤和惊恐的煎熬，"恰尔娜说，"等你将踏上伊尔瓦利特在受苦受难的那个岛上时，你会立时化作海鸥，而他，你为之献出生命的人，却认不出你了。”

韦尔加的脸色一下子变得像初雪那么惨白，可她的双眸却闪现出喜悦的光芒，她回答恰尔娜说：

“恰尔娜，我去！”

“赶紧上路吧！”恰尔娜说。

韦尔加迎着寒风，踏着海岸湿漉漉的黄沙，向黑黢黢的喧腾的大海奔去。她本想大声地向姐姐、父亲和母亲道声“永别”，可是忽见岸边停着一条小船，它在波浪上颠来晃去。韦尔加急忙跳进船里。在日落的方向，天际还残留着一抹血红的晚霞，她把船朝那儿驶去。她站在船上，海浪颠簸得她东摇西晃，她双眸中燃烧着泪花，从冰海刮来的朔风吹乱她白色的衣裳，刺痛着她的脸庞。

5

拂晓时分，她看到自己驶过一座黄沙遍地、渺无人烟的荒岛，四周是白浪滔滔的海水。只有海水不时冲上荒岛的沙地，泛起苍白的浪花。有“海上牧女”之称的秧鸡迈着细长的腿在海边的贝壳间觅食。可是在岛上，“海上牧女”为数也很少。它们都飞到和风拂拂的海岸去了。

已经是冰海了。韦尔加航行了整整一天，驶入了无涯无际、海天相连的汪洋大海。海浪越来越沉重地拍击着船底，因为在这万顷波涛下已没有土地了。北国的猛禽远离人烟，生活在这片大海上，栖息在巉岩崄巇的石岛上。它们身体强壮，披着厚厚的羽绒，能整整一冬浮游于冰凌之间，深深地潜入冰水之中。这种猛禽成千上万地筑巢荒岛。每座岛上都栖满这种白色的鸟，像是覆盖着一层白雪。鸟巢有的筑在孤零零的悬崖上，有的筑在悬崖下的洞穴里。入暮时分，韦尔加驶过了一座最大的岛屿。

整个岛，从崖顶到崖底，严严实实地覆盖着好似灰色树皮那样的鸟粪、羽毛和绒毛。海鸟一长排一长排地栖息在悬崖所有的阶地上。较小的栖在低处，而最高处打盹的则是最大、最能吃的海鸟，它们的肚子是白色的，背是黑色的，脖子很粗，脑袋很小，两眼亮闪闪的，眼珠四圈是白色的绒毛，喙大而丑陋，爪子强壮、粗大，爪腿短，无爪趾。海鸟大声地交谈着，黄昏刚一降临，与寒风搏斗得筋疲力尽的韦尔加两脚刚登上海岛，打算休息一下，成千上万的海鸟立时喧闹着飞到她的上空，其中一些最大的鸟怪怪地、幸灾乐祸地狂叫着，竭力要压过其他鸟的叫声……韦尔加的脸一下子变得惨白如雪，她鼓起最后一点力气，跳回到船上。

最后一天傍晚，在天的尽头阴暗的浓雾中出现一座高耸入云、奇形怪状的峭壁，这样的峭壁只有强悍的海盗才能到达，而且他们还得把用来系船的铁环打入石内才能停靠下来。凶猛的涛声同数以千计的猛禽的吼声交织在一起。伊尔瓦利特躺在拍岸浪前，饥寒交迫，奄奄一息，已沉入弥留时的梦中。他面无血色，白如浪花，鬈发里全是湿淋淋的黄沙。

“伊尔瓦利特！”韦尔加满怀激情、响亮地喊道。

她的喊声使伊尔瓦利特清醒了一刹那，韦尔加想大声地告诉他，她仍像童年时代那样爱他；可是当她从船上纵身跳上岸去，双脚还未着地，她已化作一只张开白翼、悬于半空中的海鸥，她的喊声变成了海鸥在伊尔瓦利特头上发出的凄戚而欢乐的鸣叫。海鸥的鸣叫使他于一瞬间苏醒了过来——朋友的呼叫触动了他的心——可是他睁开眼睛，看到的却是一只海鸥，正在小船上空盘旋鸣叫……

他驾着这条船向东方驶去。她在海上久久地盘旋，送伊尔瓦利特东去。当他消失在远方时，她，一只无枝可栖的孤独的海鸥，在风中飘泊。直到今天，她仍然在苦苦地思念着伊尔瓦利特，回忆着当年他受苦受难的那座兀立在浓雾中的峭壁，不过她的呻吟充满了欢乐。

戴骢　译

声音和眼睛

〔俄罗斯〕亚·格林

1

盲人面带笑容，把手叠放在胸前，静静地躺着。他微笑是无意识的。人家嘱咐他，叫他别动，无论如何，只有在非动不可的时候，才能动弹。他眼睛上扎着绷带，已经这样躺了两天多了。别看他脸上挂着宁静的微笑，他的心情却是一个被判了刑、正在等待赦免的人的心情。有时，他幻想着重新开始生活，借助瞳孔的神秘工作使自己在明亮的空间里保持平衡的可能性突然变得如此明显，致使他激动得像在梦中一样浑身抽搐起来。

为了避免刺激拉比德的神经，教授没有告诉他手术已经

成功,他无疑能够复明。还有那么万分之一的可能性会使病情逆转,使一切都变成悲剧。因此教授每天告辞时都对拉比德说:

“您放心好了。我已经为您做了一切,其余的问题也都会顺利解决的。”

在折磨人的紧张、等待和各种各样的推测之中,拉比德听到了走近他身边的黛齐·嘉莲的声音。这是一位在医院里工作的姑娘,在拉比德痛苦的时刻,他经常请求她把她的手放在他的前额上,现在他正愉快地等待着这只友好的小手轻轻地紧贴在他由于长久不动而麻木了的头上。果然出现了这样的情况。

这么长时间他一直在观察自己的内心,学会了准确无误地理解自己内心里的每个活动,当她把手拿开时,他再一次了解到,最近他的主要恐惧是担心他永远也不会看到黛齐。还在送他到这里来的时候,他就听到一个女人性急的声音,招呼安顿好病人。他心中立刻有一种喜悦的感觉,仿佛接触到一个身材匀称的温柔的人,而这一形象是由她的声音描绘出来的。这是一个年轻人热情、愉快、使人心灵感到十分亲切的声音,音调和谐悦耳。唱歌一般,犹如温暖的早晨那样明朗。

渐渐地在他心中十分清晰地产生了她的形象,就像我们想象一切看不见的东西一样,这是一个随意想象出来的、然而对他来说却是绝对必需的形象。三个星期以来，拉比德只和她一个人交谈，在她轻轻地坚决离开时，他又只能听任她离去。他知道，从头几天起，他就已经爱上了她；现在，恢复健康已成了他的目的，为了她而要达到的目的。

他认为，她深深地同情他，这一同情心对未来是有利的。作为一个双目失明的人，他认为自己无权提出这些问题，想把这些问题暂时搁置起来，推迟到他们两人能够彼此看到对方的时候解决。他完全不知道，这位声音使他感到如此幸福的姑娘，正怀着恐惧和忧愁的心情考虑他恢复健康时的情况，因为她长得并不美。她对他的感情产生于孤独，是由于她意识到自己对他的影响，意识到这并没有危险。他双目失明，因此她可以放心大胆地以他在内心中想象她的那种目光来观看自己，他并不是以言辞，而是以对待她的整个态度来表达他是怎样想象她的。她知道，他爱她。

手术前，他们经常闲谈，一谈就是很久，谈到许许多多事情。拉比德向她谈起他到处漂泊的生活，她则把现在世界上正在发生的种种事情讲给他听。她说话时，思路也和她的声音一样，充满了令人神往的柔情。每次临别，他们还要再想一想，彼此还有什么话要告诉对方。她的最后一句话是：

“回头见。”

“回头见……”拉比德回答，他好像觉得，在这句“回头见”中含有什么希望似的。

他性情直爽，年轻，勇敢，爱开玩笑；高高的个子，乌黑的头发。他也应该有，如果会有的话，应该有一双凝神注视、炯炯有神的黑眼睛。黛齐想象着他的目光，眼睛里带着恐惧的神情离开了镜子。于是她那病态的、长得并不端正的脸上蒙上了一层柔情脉脉的红晕。

“将会怎样呢？”她说，“啊，就让这美好的一个月结束了吧。但是请打开他的监狱吧，列巴尔德教授，我求求您！”

2

考验的时刻到了，已经布置好让拉比德尚未完全康复的眼睛，在最初一段时间里能够经受得住的光线，这时，教授、他的助手，以及另外几个学术界的人围在拉比德身边。

“黛齐！”他说，心想她是在这里的，而且希望头一个看到的就是她。然而她不在这儿，这恰恰是因为在这个时刻她没有力量看到、感觉到揭开绷带将决定其命运的那个人的激动心情。她站在房屋中间，好像中了魔法，全神贯注地倾听着人们的说话声和脚步声。她不由自主地努力张开想象的翅膀——在我们痛苦地叹息时，往往会有这样的情况——仿佛看到自己是在另一个世界上，这是新生婴儿的目光想要看到的另一个世界。她长叹一声，完全听天由命了。

这时绷带取下来了。拉比德既感觉到它已经消失，但又好像仍旧感觉到它的压力，他躺在那儿，心中充满了强烈的、幸福的怀疑。他的脉搏变得微弱了。

“好了，”教授说，由于激动，他的声音在发抖，“请看一看吧，请您睁开眼睛！”

拉比德抬起眼皮。他仍然认为黛齐就在这里，但不好意思再呼唤她，就在他的面前挂着一块有皱褶的帷幔。

“把这块布拿开，”他说，“它碍事。”他说过以后，立刻明白，他的视力恢复了，那块仿佛就挂在他面前的有皱褶的帷幔，其实是房间那一头的窗帘。

他的胸部开始痉挛地上下起伏，他没有注意到自己正在哭泣，哭声止不住地震动他那长期卧床、十分虚弱的身体，他开始环顾四周，仿佛在看一本书。他的心情无比喜悦，物体一样接一样地从他面前滑过去，他看到了门，霎时间爱上了它，因为黛齐经常出入的房门原来是这个样子。他幸福地微笑着，从桌子上拿起一只茶杯；他的手发抖了，于是他几乎毫无差错地把它放回到原处。

现在他急不可耐地等着这些使他恢复视力的人出去，好叫黛齐来，作为一个获得了为生活而斗争的能力的人，他有权把自己认为最主要的一切全都告诉她了。但高兴而激动的小声的学术性谈话又延续了好几分钟，在这段时间里，他不得不回答自我感觉如何、看得清楚吗等等问题。

他思绪万端，思想犹如闪电，模模糊糊想到许多事情，心情异常兴奋，因此怎么也记不起这几分钟里的一切详情细节，也说不清究竟是在什么时候他终于只剩下了独自一人。但这一时刻到了。拉比德按了按铃，对女仆说，他等着黛齐·嘉莲立刻前来看他，于是怀着极其愉快的心情望着房门。

3

得知手术做得十分成功，黛齐回到她那间由于孤独显得特别干净的房间，两眼含泪，做好在最后一次会见中勾销一切的精神准备，听天由命，鼓起勇气，穿上一件漂亮的夏装。她随便梳了梳自己的浓发——对于这头像波浪一般、仿佛湿润的、闪闪发光的黑发，对于这张对一切都是那样诚恳坦率的脸，这样的打扮可以说是再好也没有了。她自然地抬起头来，满脸含笑，心里却痛苦万分，向那两扇房门走去，现在门后的一切都已发生了异乎寻常的变化。她甚至好像觉得，那里躺着的并不是拉比德，而完全是另一个人。但她以最后这几分钟匆匆消逝的速度，很快记起了他们每次会面和谈话的许多细节，她明白，他确实爱她。

她碰到了房门，迟疑了一下，才推开它，这时她几乎希望一切仍旧是老样子。拉比德头朝她躺着，坚决地转过脸来，用目光在自己身后寻找她。她走过去，站了下来。

“您是谁？”拉比德疑问地微笑着问。

"真的,对您来说,我似乎是一个新人,不是吗?"她说,霎时间她的声音唤醒了他们之间所有那些短暂的、互相隐瞒着的过去。

在他乌黑的眼睛里,她看到了十分明显的无比喜悦的神情,于是痛苦离开了她。没有发生奇迹,但是她的整个精神世界,她的全部爱情,最后一分钟里她的恐惧、自尊心、一切绝望的想法以及所有的激动不安,都在她那罩上一片红霞的面部的微笑中表现了出来,以致拉比德觉得,她——加以她的身材是那样匀称——就是一根为鲜花缠绕着的声音之弦。在爱的光辉中她是美丽的。

"现在,只是在现在我才明白,"拉比德说,"为什么您会有这样美的声音,就连在梦里我也爱听到它!现在,即使您双目失明,我也将爱您,我要用我的爱来治好您的病。请原谅我。我有点儿疯了,因为我复活了。什么话都可以允许我说的。"

在这一瞬间,由黑暗所产生的他心目中关于她的真实概念是她本人万万没有料到的,而且在他的心中始终保持不变。

非琴　译

钩花工娜斯佳

〔俄罗斯〕巴乌斯托夫斯基

阿拉陶山里夜间起了雷暴，声音沉闷。一只青色的大螽斯吓坏了，跳进医院的窗里，落在钩花窗帘上。受伤的中尉鲁德涅夫从床上爬起来，久久地望着螽斯和窗帘。窗帘上钩有盛开的蔷薇花和凤头小公鸡，这复杂的图案让强烈的闪电青光一照，显得特别鲜亮。

到了早晨，窗外起过雷暴的黄乎乎的天空依然烟霭冥蒙。两道彩虹挂在天际。窗台上湿漉漉的野芍药花十分红艳，好像烧旺了的煤。天气很闷。潮湿的山岩上水汽升腾。深渊里的小溪哗哗流淌，冲得石头滚动起来。

“这就叫亚洲啊！”鲁德涅夫感叹说，“窗帘上的钩花倒是咱们北方的。那是一个叫娜斯佳的美女钩的。”

“您有什么根据？”

鲁德涅夫微微一笑。

“我想起了一个故事，”他说，“那故事出在列宁格勒城郊我们的炮兵连里。”

他给我讲了这个故事。

那是1940年夏天，列宁格勒美术家巴拉绍夫到我们荒凉的北方去打猎和画画。

他初到一个小村，便喜欢上了它。他从一艘老河轮上下来，住进一个乡村教师的家。

那个小村里，一个叫娜斯佳的姑娘同她当护林员的父亲住在一起，那姑娘是当地有名的钩花工和美女。她像所有北方姑娘一样，沉默寡言，长着一双灰眼睛。

有一次打猎时，娜斯佳的父亲不小心误伤了巴拉绍夫的胸脯。巴拉绍夫被送回乡村教师的家。老头子出了这倒霉事，好不伤心，打发娜斯佳去照料受伤的人。

娜斯佳把巴拉绍夫护理好了，出于对受伤者的怜悯，她也萌生了少女的初恋。但是这种恋情的表露却是那样的羞怯，以致巴拉绍夫什么也没有发觉。

巴拉绍夫在列宁格勒有妻子，但他从不对人提起，连对娜斯佳也没有说过。村子里人人都深信，巴拉绍夫是个孤独的人。

伤口一长好，巴拉绍夫就回列宁格勒了。临走前，他没受邀请，自己来到娜斯佳的家，感谢她的照料，送给她礼物。娜斯佳收下了。

巴拉绍夫初次来到北方，不了解当地的风俗。北方的风俗是根深蒂固、恒久不变的，在新时代的压力下也不会一下子消泯。巴拉绍夫不知道，一个男人没有受到邀请来到姑娘家，带给她礼物，如被她接受，那男人便算是未婚夫了。在北方谈恋爱是用不着语言的。

娜斯佳胆怯地问巴拉绍夫，他什么时候从列宁格勒回到她的村里来。巴拉绍夫毫不猜疑，开玩笑地回答说很快就会回来。

巴拉绍夫走了。娜斯佳等着他。阳光明艳的夏天过去了，潮湿而凄苦的秋天过去了，但是巴拉绍夫没有回来。娜斯佳难耐而愉快的期待变成了不安，绝望，耻辱。村子里的人已在窃窃私语，说未婚夫欺骗了她。但是娜斯佳不相信会是这样。她断定巴拉绍夫出了不幸的事。

春天带来了新的痛苦。它拖了好长时间，来得很晚。河水泛滥开来，怎么都不愿回到两岸之间流淌。只是到了六月初，才有第一只轮船驶过小村，也并不停留。

娜斯佳决定瞒着父亲，偷偷到列宁格勒去找巴拉绍夫。她是夜里离开小村的。她走了两天路，到了火车站，却听说这天早晨战争开始了。一个从来没有见过火车的农村姑娘，穿过大片严峻的国土，到达列宁格勒，寻找巴拉绍夫的住家。

给娜斯佳开门的是巴拉绍夫的妻子，一个瘦瘦的女人，身穿睡衣，牙齿叼着带纸嘴的烟卷。她疑惑地打量着娜斯佳，说巴拉绍夫不在家，他在列宁格勒城郊的前线。

娜斯佳知道了实情——巴拉绍夫是有妇之夫。这么说来，巴拉绍夫是欺骗了她，嘲弄了她的一片爱心。娜斯佳害怕跟巴拉绍夫的妻子说话。她害怕留在城市的住房里，留在落满灰尘的绸缎包的沙发、撒落的扑粉、响个不停的电话铃声之间。

娜斯佳离开了。她万念俱灰，在这个变为武装军营的宏伟城市里茫然走着。广场上的高射炮，摞上一袋袋泥土的纪念碑，阴凉的古老花园，巍峨的大楼，她一概视而不见。

她来到涅瓦河边。黑黝黝的河水满得同花岗石砌的河岸一样平。也许就在这儿，在这水中，是摆脱无法忍受的委屈，摆脱爱情的唯一出路。

娜斯佳取下母亲送给她的旧头巾，把它挂在栏杆上，然后整了整沉甸甸的大辫子，把一只脚踩到栏杆的卷花上。不知是谁抓住她的一只手。娜斯佳回过头，见一个瘦瘦的人，腋下夹着地板打蜡刷子，站在身后。他的工作服上溅满了黄色涂料。

地板打蜡工一味摇头，并且说：

“在这种时候，想干什么来了，傻瓜！”

这个地板打蜡工叫特罗菲莫夫。他把娜斯佳带回家，交给了妻子，一个当电梯司机、热热闹闹、办事果断、轻视男人的女人。

特罗菲莫夫夫妇收留了娜斯佳。她病了好长时间，躺在他们一间小屋里。她从电梯司机嘴里第一次听说，巴拉绍夫在她面前没有任何错误，谁也没有义务必须要懂得他们北方的风俗，而且只有像她娜斯佳这样的"傻娘儿们"，才会刚遇上一个人便神魂颠倒地爱上他。

电梯司机骂娜斯佳，娜斯佳倒高兴起来。高兴的是，她没有受骗，所以仍然希望能见到巴拉绍夫。

地板打蜡工不久应征入伍了，只剩下电梯司机和娜斯佳两个人。

娜斯佳康复以后，电梯司机把她安排到护士训练班去学习。娜斯佳扎绷带时的利索，她那纤细而有力的手指头的巧劲，使当教员的医生们大为惊讶。"我可是个钩花工啊！"她好像申辩似的回答他们说。

被围困的列宁格勒的冬天，冬天里的严酷的长夜，时不时的炮击，已经过去了。娜斯佳训练班结业，等待上前线。每到夜里，她总要想巴拉绍夫，想年迈的父亲，也许，父亲至死也不会理解她为什么要偷偷离开家。骂是不会骂她的，一切都会原谅的，可是理解是理解不了的。

开春后，娜斯佳终于被派到列宁格勒城郊前线。在毁坏了的皇家花园里，在废墟、火灾场，在掩蔽部、炮兵连中，在小树林和田野上，她无处不寻找巴拉绍夫，打听他的下落。

娜斯佳在前线遇到了地板打蜡工，这个爱说话的人把北方姑娘上前线寻找心上人的事告诉了自己部队的战友。于是这件事像传奇似的，一传十，十传百，从一个部队传到另一个部队，从一个炮兵连传到另一个炮兵连。摩托兵、汽车司机、卫生员、通讯员更把这故事传布到四面八方。

战士们好不羡慕姑娘寻找的那个不知名的人，也就想起自己心爱的人来。他们每个人都有过和平生活，每个人都在心中惦记着自己心爱的人。他们彼此转述北方姑娘故事的时候，因为想象力的不同，改变了故事的细节。

每个人都发誓说娜斯佳是自己老家的姑娘。乌克兰人认为她是自己那儿的人，西伯利亚人也认为是自己那儿的人，梁赞人担保说娜斯佳当然是梁赞姑娘，甚至遥远的亚洲草原上的哈萨克人，也说这姑娘大概是从哈萨克斯坦来到前线的。

娜斯佳的事也传到了巴拉绍夫所在的海岸炮兵连。这位画家也像战士们一样，为不知名的姑娘寻找心上人的故事所激动，为她如火如荼的爱力所震惊。他常常想起这个姑娘，开始羡慕她爱的那个人。他哪里知道，他所羡慕的正是他本人呢？

巴拉绍夫的个人生活是不成功的。结了婚，并无一点好光景。可那个人真是交了好运！他一辈子梦想着能有生死不渝的爱情，但现在再想这事已经晚了。两鬓已出现了白发……

结局是，娜斯佳终于找到巴拉绍夫所在的炮兵连，然而没有找到巴拉绍夫——他两天前牺牲了，埋葬在海湾岸边的松树林里。

鲁德涅夫沉默了。

“后来怎么样了呢？”

“后来？”鲁德涅夫反问道，“后来战士们像发了疯一样战斗。我们彻底摧毁了德寇防线，把它们砸个稀巴烂。我很少见到人会有那么神圣的万丈的怒火。”

“娜斯佳呢？”

“娜斯佳怎么啦！她把全身心都扑在伤员身上了。她是我们前线那个地段最优秀的护士。”

1942年

潘安荣　译

完美女人的一点素质

〔俄罗斯〕邦达列夫

什么是女人的美？是端正的脸庞？是苗条的身段？是炯炯的目光？是轻盈的步态？谁能回答，是什么在引起我们的爱？

每当我回忆起很久以前自己少年时代的一个夏日的清晨，在长满丁香的别墅台地上，我第一次看见她的时候，至少是，至今仍然有一种幸福的感觉。当时，她坐在一把细腿摇椅上，一边若有所思地时而咬一下小草茎，一边看书。在书页上，还在她那裸露着的年轻的膝盖上，晃动着球网那斑斑点点的凉爽阴影。我从花园刚一跑上台地，她那双膝盖就特别引我注目。我现在记得那个奇美的夏初清晨，甚至记得当时的青草气味，记得那椋鸟[1]在绿叶丛中的哨音啼鸣和摇椅时而发出的细弱的咯吱响声，记得她那沉浸在阳光和阴影之中的圆圆的膝盖，有权躺在那双膝盖上的是一本书，它能轻轻触摸那女性的体温。我还记得，由于觉得这位神秘的陌生女郎似乎有某种有损纯洁的不端行为(她是同一位淡发年轻男子一道来到我们别墅的)，我心中有一种关于她那双腿的温情柔意的想象，并且为此激动不已。

而他，那个年轻男子，穿一条熨得笔挺的黄绸裤，还有一件丝织背心。我也不知为什么，一看见他那强健的体格、出色的步态、自信的微笑、时而露出的皓齿，我就马上感到嫉妒得难受。而在那天黄昏时分，当看见他在别墅的广场上玩排球——熟练地托球、传球、杀球、截球，那训练有素的高大身躯先弓一下腰，然后高高跳起的时候；当看见她在球网近旁一边跟他玩，一边笑嘻嘻地用手帕在他前额上擦汗的时候，我突然感到的已经不是嫉妒，简直是对他的某种不共戴天之仇。

就在那天夜里，一种轻轻的哨声把我惊醒了。在别墅的晚上，我在郊区结识的伙伴们常常这样在花园的栅栏后面发出信号，为的是用这种约定的声音把人叫出家门。我睡在房间拐角的小偏房里，那是一个狭小、闷热、关着窗户的闭塞之处，为的是躲避六月闷热天里那些可恶的成群结队的蚊子。

---

[1]椋鸟，又名“欧椋鸟”，中型鸣禽，性喜群飞。

不过，我在睡梦中一听见呼唤的哨声，就从床上一跃而起，掀开月光照耀下的窗帘，为了约定夜里去近处湖上钓鱼，用鸭子的咯咯叫声回答了两遍，意思是说："我听见啦，马上就出去商量！"但是，我还没有来得及关闭窗户和套上贴身衬衣，就觉得好像又一次听见了重复信号——接着，从月光下的花园里，同草丛散发的温和潮气一起，向我房间传来了悦耳的脚步声，有人在楼房附近咯吱咯吱地踩着小树枝走动。这一切不符合约定的呼唤信号——因而使我感到吃惊，我向那笼罩在蓝色空气中的丁香密丛仔细一看，发现在紧靠楼房的那个地方，有一个手电筒的黄色亮光忽而亮了一下，还好像——从哪里传来一个人的沙哑、快活的低语声：

"唉，在顶楼上，睡不舒服，这一夜别再睡啦。赶快下楼到花园来，我在给您下命令，听见了吗？"

就在这时，我看见了：原来是她，在花园里打着口哨，在苹果树下走来走去，并用手电筒从下边往顶楼上的小窗口给那个淡色头发的排球运动员上帝顽皮地发射着信号，那个上帝在当天打排球时曾以自己那雕塑般身躯的矫健美和匀称牙齿的晶亮，给我们留下了深刻的印象。

后来的事情，对于尚在少年时期的我来说，也许怎么也不应该知道，但我却成了一个无意的目击者，所以这个夜晚终生难忘。他悄悄作出回答以后，就肩披上衣、下穿白裤，从楼上向她奔来，接着拥抱了她；她却吃惊地、像孩子似的打了一个口哨，用双手搂住他的脖子，笑了起来，闭上眼睛，踮起脚，把身子向上挺拔起来，而亮着的手电筒触到了苹果树枝，把他头上的叶子照得通亮，亮得刺眼。

"你听我说，"她一边稍稍离开他的身子，一边有点开玩笑似的用一个手指头紧按着他的胸部，"你怎么不娶我做妻子呢？我可是个好人……"

"大概，要娶，"他冷笑着回答，"只是不能永久。我是个能力有限的穷工程师。我和你在一起能做些什么？"

"那有什么？你将爱我，而我早晨将为你准备咖啡……到晚上就给你大声朗读描写英雄的小说。这对你不好吗？"

"噢，跟亲爱的人在一起，住窝棚也是天堂？可是我连自己的一个窝棚之类的东西也没有。一切都是别人的。这样跟你，跟别人珍爱的灰眼睛宝贝在一起，我能做什么呢？不是吗？啊？"

"得啦，当然能爱。要知道，我现在是过来人啦。我过去的丈夫说过，我有完美女人的一点素质。"

"有意思，是什么样的素质？"

"我没有权利对你说这个……第一，说它是多余的；第二，我不想让自己缴械……"

"究竟是怎么回事？非常有趣。请说说，啊？"

"这怎么对你说呢？那好吧，反正是一样……他说，一个完美的女人应当可爱而又顽皮……这种优点，当我跟他俩人在一起时，我绝对没有。我很发憷，我不能克制羞怯感。我直哆嗦，像个老鼠。啊呀，可怕，做这种顽皮的女人真可怕……”

“那跟我呢？也可怕吗？”

“跟你？什么跟你？怎么跟你？为什么跟你？我自己也不知道，什么跟你……”

“那你就来试一试做个顽皮女人，”他温存而随便地说着，把自己的上衣扔到了苹果树下的草地上，“你行吗？啊？”

她笑着吹了一声口哨，用手电筒对着他的胸部照了一下，而他把她那只拿着手电筒的手放了下去，就在这一片刻，通过微弱的亮光，我看见了被脱下来的白裙子和她的膝盖，看见她再次踮着脚站起来，探着身子迎接他的嘴唇——这时的我，差一点哭起来，差一点憋死，这是由于令人苦恼的吃醋感，由于对她、对她的头发和微笑的爱，由于对那个照亮了她的白裙子和他的白裤子(这在三十年代曾经是时髦货)的直射地面的手电筒的光线的爱；随后，我清楚地听见了她的含有讥笑意味的低语声：

“你想在这里干脆让我成为你的妻子？就在这苹果树下？”

“难道珍贵的纪念品或珠宝能成为妻子吗？要把你收藏在什么样的天鹅绒匣子里呢？那样怎么爱你呢？为这需要当个珠宝匠，我办不到。”

她猛然果敢地用手电筒对着他的脸照了一下。他笑了笑,牙齿闪现了一下。

“真奇怪,” 她用过分响亮和非常开心的声音说,“我对你,当然喜爱,但是……又同样地恨!”

“亲爱的,这是陀思妥耶夫斯基式的矛盾心理,两种感情合为一体。”他随便而又快活地作出了评论,“你今天一整天读的都是费多尔·米哈伊洛维奇[1]的书。他总是使人长时间地扫兴。”

“我喜欢的是骑士小说, 而不是陀思妥耶夫斯基的作品。”

“咱们千万别再谈论聪明人。你那顽皮哪儿去啦?”

他把手电筒从她手里拿过来,关闭了亮光,又把手电筒轻轻地扔到了草地上, 然后从容而倨傲地搂住了她的腰部,我这时再次看见,她向他,向他的嘴唇凑了过去,但在朦胧的月光下,我觉得,我猜想,在她脸上,在她那眉宇中,似乎有一种不明显的痛苦表情。他亲吻了那么久,那么紧紧不放地折磨人,致使她呻吟起来,向后趔趄了一下,而他却开始解她的短上衣扣子,同时又像施刑似的用自己的大嘴残忍地折磨她那露出的丰满胸部的白嫩皮肤,我这时平生第一次那么不害臊地看见了那样的胸部。一种无法表达的痛苦使我喘不过气来,滚滚热泪遮蔽了眼睛,并且不由自主地突然从我喉咙里

[1]费多尔·米哈伊洛维奇:俄国作家陀思妥耶夫斯基的名字和父称。

冲出了暗哑的、断断续续的抽噎声。我猛然向床上扑去，脸朝下趴在了枕头上，不断往枕头上抹擦湿淋淋的面颊，无缘无故地痛哭得上气不接下气。像这样痴情地、与众不同地痛哭，由于觉得一切都已破灭而陷于难忍的孤苦时的痛哭，我只有童年时代才有过。

但是，过了那么一阵子，我从床上跳了下来，因为我怕他们听见我的哭声，我马上向窗外一望，只见外面天空在黎明前已经泛白，同时使透射树丛的那些渐渐淡薄的朦胧月光失去了生机；整个花园、苹果树、花坛周围的草地小径，都渐渐在灰暗色的静态显影大气中显露了出来。

我看见她的时候，她缓慢地、像喝醉似的走到了栅栏跟前，那里满是茂密的古老丁香树丛，她在那里站了一会儿，整理了一下头发，然后攀住一个灌木枝条，揪了一个小枝儿。那有弹性的丁香枝条猛一挺，凉凉的露珠像雨水似的溅了她一身，她接着仰起了脸，歪起了脖子，好像在麻木之中，抓住丁香树枝大摇起来，仿佛是为了用这雨水般的露珠，用这种清新的水，把自己洗干净，从脸上，从紧闭着的嘴唇上，洗掉那种有附着力的蜘蛛网。而他，站在苹果树下，肩上披着上衣，手里转动着未开亮的手电筒，不露声色地冷笑着、沉默着。

他们早晨就走了，从此以后我一次也没有再遇见过他们。当我从战争中归来的时候，我家的某一位熟人有一次告诉我，她在疏散时死去了。

可是直到如今，我仍然记得对那种恶劣欺侮行为的感受和痛苦的失望心情，觉得实在可惜。像她那样一位年轻顽皮的女子，早晨用阳光般的纯洁照亮了我们家的别墅、那么神秘和神圣地彻底迷住了我的女子，毫无疑问，本来就不是他，不是那个过于自恃的穿白裤子的厚颜无耻之徒，而是我，才会爱她一生有余，才会怜悯她，保护她，使她免遭非礼。这种赤裸裸的单恋之感，对于成年人来讲大概在所难免。而我那年才满十二岁。(她美吗？难道我们现在就知道美的真谛和实质了吗？)她走了以后，我曾惶惶不可终日，有时甚至一到夜里就哭，因为感到了难忍的吃醋之苦，这种痛苦在初恋中是找不到出路的。

现在，我一息尚存，她早已不在人间，过去的很多时光都已像流水那样流失。到了这个时候，我却仿佛在女人的温柔和无瑕纯洁的强光照耀下，又看见了那个美妙的夏日清晨，又看见了她——我的第一个恋人，仿佛她正坐在细腿摇椅上，一边看书，一边若有所思地时而咬一下小草茎；斑斑点点的球网阴影映在打开的书本上，映在她的膝盖上……

王子英　译

初遇
斯坦尼斯瓦夫·斯藤波夫斯基[1]

〔波兰〕玛·东布罗夫斯卡

1923年圣诞节前我的一本认真的书，就是说一本文艺作品出版了。它就是名为《童年的微笑》的短篇小说集。我在这个集子里收集了自1912年起在不同年代所写的东西，因此，大部分几乎是年轻时代的作品。虽然这本书的价值说不上很高，但它一问世，却使我在片刻之间真有种得救的感觉，就像一个人被推进了汪洋大海，眼看就有灭顶之灾时忽然爬上了一片干燥的陆地。我至今对这奇特的片刻感觉仍记忆犹新。当时我正在病中，躺在床上，听到隔壁房间里马

---

[1] 斯坦尼斯瓦夫·斯藤波夫斯基(1870—1952)，波兰社会活动家、作家，自1927年起直到去世前是玛丽亚·东布罗夫斯卡的生活伴侣，但一直未跟她结婚。

里安[1]跟尤杰克[2]正谈起书的事，我领略到了一种幸福而平静的怡然自得，在我一生中这样的心情恐怕只有过几次。

1924年让我记住的几件事，当时一件也没有记录下来。其中尤其重要的是，有一天，大概是这年3月的某一天，马里安似乎是有点儿怯生生地问我，是否还打算离开机关，如果没有放弃这个打算，现在倒是个好机会。我不禁暗自吃惊，因为往常我每每露出离开机关的愿望，马里安总是头一个出来阻止。他不想让我把未来构筑在写作"才能"上。他常说，"你当不上大名人，像我们这号作家(他本人也出版过几本政论作品)，仅靠手中的笔在波兰是难以赚钱糊口的。我要是死了，你怎么办呢?"于是我反问了一句："是不是太阳从西边出来啦?你为什么突然改变了主意?"他回答说，有个很有功绩而且很有价值的人，在经历了历史的风暴之后一无所有；出于公民的责任感，对这样的人应该帮一把。如果我提出辞职，他就有可能在农业改革部接替我的职务。他告诉我，这个人的名字叫斯坦尼斯瓦夫·斯藤波夫斯基。当时并未给我留下任何印象。"这是个很卓越的人，一个令人惊叹的形象。你自己会看到的。"马里安又补充了一句。片刻之间我心中翻腾着

[1]马里安·东布罗夫斯基(1882—1925)，波兰社会活动家、政治家、少校军官，1911年与玛丽亚·东布罗夫斯卡结婚。

[2]约瑟夫·东布罗夫斯基(1876—1926)，波兰社会活动家、政治家、少校军官，马里安·东布罗夫斯基的大哥。尤杰克是约瑟夫的爱称。

一种非常“矛盾”的感情。一方面，我高兴得简直想跳起来，因为再也没有什么妨碍我离开机关的办公室了。另一方面，我又有些难过，因为一个素昧平生的“卓越的人”的需要竟比我反复提出的有必要集中时间、精力专心致志地从事创作的理由对马里安更具有说服力。我的犹豫持续的时间很短，只是无恶意地逗了逗他之后便爽快地答应辞职，实际上是正中我的下怀。然而事情完全不是我们想象的那么简单。机关里的人不肯放我走。我的上司喜欢我并且重视我，他对我宣布：斯藤波夫斯基先生可以接替我的职位，但是我必须留下，哪怕是作为所谓的“合同制工作人员”再干一段时间。他还说我可以一天只到机关工作几小时，为的是要我编辑“机关日志”。人事处长，我的莫逆之交卢陀米尔·托马希先生尤其感到惊诧不迭，他不明白，我为什么在马上就要有资格领取退休金的时候放弃职务。因为把我过去的社会工作和为国家独立进行的活动的时间都计入我的服务年限，而且战时的工作时间还加倍计算，这样一来，再过一两个月我的工龄就满了十年，并从而有资格领取所谓的小退休金。对此，我当然是一笑置之。真的，当时在我的思想上尚未形成“退休意识”，而后来的建国魔术师伊格纳齐·马图舍夫斯基[1]对这种意识在波兰的

[1]伊·马图舍夫斯基(1891—1946)，波兰政治家、政论家。当时任波兰财政部长。

膨胀则是那样感到头痛。

我还清楚地记得我第一次到办公室去干那“几个小时”的合同工作。我首先去见的是我的顶头上司莱奥纳尔德·图尔先生。他以对已经在我的位置上办公的斯藤波夫斯基先生的溢美之词来欢迎我：“您会看到，这是怎样的一个人，他有多么美！那颗脑袋简直是一朵灿烂的白菊花！”听到这份赞扬，我对这位斯藤波夫斯基先生预先就采取了一种执拗的批判态度。我心想，他肯定不会叫我喜欢。当我一踏进图书室的房门，就从我过去的沙发椅上站起了一位高个子、敏捷、体态挺拔的男子，他蓄着花白的短须，果真是一头漂亮得令人咋舌的白发。他用大学生和知恩图报的钦慕者的动作向我递上一束紫罗兰，同时说道：“我一得到这束紫罗兰就期望能奉献给头一个走进来的漂亮的可爱的女性。小姐们可以作证。”他转身朝着“我的”姑娘们，她们却把鼻子凑到了纸张上不怀好意地沉默不语。我觉得这种欢迎方式有欠真诚，因为我不相信，会有人乍一看便认为我既漂亮又可爱，这种轻浮而荒唐的见面方式压根儿就不相宜。我想起了达内什[1]，不禁暗自问道：“又是个老青年吗？有趣，不知他打算夺取何人的未婚妻？”

---

[1]杨·达内什(1866—1928)，波兰微生物学家，娶了自己儿子的未婚妻做妻子。

斯藤波夫斯基先生当时比达内什教授年轻得多,因为他刚满50岁。他那皤皤白发显然是白得过早，也就是所谓的“少白头”,而配上那乌黑的眉毛、光洁的面庞和轻盈的体态，给他增添了一副变成将军的少年的模样儿。

我的“同办公室姑娘们”,玛雷霞·科夫纳茨卡、托霞·贡肖罗夫斯卡和托娜·伏沃席诺夫斯卡都跟我有很深的交情，她们无论如何都不能接受我的离去,而斯藤波夫斯基先生的“闯入”则激起了她们的仇恨和厌恶。玛雷霞·科夫纳茨卡把我叫到走廊里,声明说,这位斯藤波夫斯基先生好不古怪,他下车伊始就批评她做图书目录的字体。玛雷霞对自己登记图书目录的一手漂亮的字一向是很自豪的。“我不知道,我们对他能忍耐多久,”她说,“真是个怪人。”她重复了一遍。

亲爱的招人喜欢的玛雷霞·科夫纳茨卡当时怎能料到，几个星期之后，她会看不见斯藤波夫斯基先生以外的世界，他们之间的友谊会逐渐发展到彼此称名道姓的地步,她会叫他图希[1],跟他的两个儿子一样。我也没有想到,这位白头发的年轻先生,当时是那样笨拙地用一束紫罗兰欢迎我,几年以后竟会永远成为我的伟大的爱,成为我最忠实、最热忱的生活伴侣。我在心里把他同达内什所做的瞬间的比较也算是歪打正着,因为据我日后所知,斯藤波夫斯基先生次子帕维

[1]波兰语“父亲”的爱称。

尔的年轻的未婚妻也爱上了他，只不过那是在帕维尔去世之后发生的事。我所幸的是，或许不仅是对我而言，那份爱没有把他们引上结婚的祭坛。

可是，在这一切成为我生活的组成部分之前，我对斯藤波夫斯基先生始终保持着一段距离，对他始终是持批判的态度，尽管周围的人，包括马里安在内，都把他看成个漂亮人物。

1943年

易丽君 译

大旋风

〔瑞士〕黑塞

那是在九十年代中叶，我正在家乡一家小工厂当学徒工,也就是在这一年,我永别了家乡。那时我大概才十八岁,虽然每天像鸟儿翱翔在空气中一般享受着我的青春,却不知道青春是何等美好。老年人大概已记不清那些年代了,不过只要我提一下便可以唤醒他们的记忆，我所说的那一年,我们家乡遭受了一次大旋风的袭击,这么大的旋风在我们那儿过去不曾见过,后来也没出现过。事情就发生在那一年。大旋风前的两三天左右,我的左手被一把钢凿弄破了,肿了起来,不得不扎上绷带,在家休息。

我还记得那年整个夏末,我们狭窄的山谷中天气异常闷热,每天时断时续地下着雷雨。自然界充满了一种燠热的不安，对此我的感觉只是迟钝的、麻木的，尽管如此，但我仍然记得当时的一切细枝末节。例如每当我傍晚去钓鱼时，总看见鱼儿受到炎热的气流的刺激而行动反常，它们混乱地拥挤在一起，不时跃出温暖的水面，盲目地吞食钓饵。后来天气终于凉快一些了，一切都平静下来，雷雨也逐渐稀少，甚至清晨时还令人略感凉意。

一天清晨，我口袋里装了一本书和一块面包走出屋子，到户外去游玩。按照自小养成的习惯，我首先跑到屋后的花园里，当时花园还笼罩在阴影中。那一片苍劲挺拔的松树是我父亲栽种的，在它们还是竹竿般细弱的时候我就对它们熟悉了，松树下堆着淡褐色的针叶，多年来那里除了常绿树外，没有别的植物。不过那里还有一块狭长的花园，生长着我母亲栽种的花木，长得兴旺而又茂盛，每个星期天她都要从那里采集一大把花束。那儿有一种植物，小小的花朵里长着朱红色的花蕊，它的名字叫“热恋”，还有一种纤秀的灌木，细弱的枝条上挂满了红白两色的心形花朵，人们把它叫做“妇女的心”，另外还有一种灌木叫做“臭架子”。附近还有细长的翠菊，不过尚没有开花，菊花下面的地上长满了带有小刺儿的肥胖的仙人掌和好玩的马齿苋。这个狭长的花床是我们的宠爱物，是我们梦中的花园，因为那里长着形形色色的奇妙鲜花，它们比旁边两个圆花坛里的各种玫瑰花更受到我们的重视和喜爱。当阳光照亮这里和那一面爬满常春藤的墙头时，每种花木便都呈现出它们各自的特点和美丽:唐菖蒲炫耀自己鲜艳的颜色;向日葵面色苍白地挺立着,似乎沉迷于自己沁人肺腑的香气之中;狐尾草萎靡地低垂着头,耧斗菜踮起了脚趾,把身上各种颜色的铃铛摇得直响。蜜蜂嗡嗡嗡地在一枝黄花和蓝色的夹竹桃之间飞舞,棕色的小蜘蛛在浓密的常春藤上来回忙碌;蝴蝶则在紫罗兰上翩跹起舞,它们肥厚的身躯和透明的翅膀在空气中扇起一阵阵急促而烦躁的声响,它们就是被人们称为"夜蛾"或"鸽尾蝶"的蝴蝶。

我怀着假日的欢乐在花丛间走来走去,到这里闻一闻清香的伞形花,又到那里用手指小心地掰开一个花萼,细细观察那神秘的、灰白色的底部,那井井有条的脉络和花蕊,那毛茸茸的花丝和水晶般的导管。同时我还研究着清晨密布云絮的天空,天空中杂乱无章地飘浮着缕缕的雾气和一团团羊毛般的云块。我想,今天又会有一场雷阵雨,于是便打算下午去钓几个钟点的鱼。我急切地搬开路旁几块凝灰石,希望找到蚯蚓,可是只爬出一些生长在灰色、干燥墙缝里的百足虫,它们慌乱地朝四周逃散。

我寻思着应当做些什么事情,可是却一下子想不出来。一年前我度最后一个暑假的时候,还完全是个孩子。那时候我最爱干的事就是用榛树枝做成弓箭来放射、放风筝,用火药炸开田间的老鼠洞,现在这一切都已失去了它们当日的魅力和光辉,似乎我心灵的一个部分业已疲惫不堪,对那些游戏已经不能够再那么喜爱和快乐地作出反应和予以重视了。

我怀着惊异和一种平静的痛苦的心情边走边环视着周围自己童年时期如此喜爱、至今仍非常熟悉的环境。那小小的花园，那缀满鲜花的平台，那潮湿阴暗、石子路上布满绿色苔藓的院落，它们都和过去完全不同了，甚至连那些鲜花也都略略失去了它们那种无限的魔力。花园角落里一只带有橡皮管的旧水桶无聊地待在一边。过去，我为了让水流走，曾花半天工夫装上一只转轮，还在路上构筑了堤坝，原意是开一条运河，但结果却导致了一场大水灾，给我父亲惹了麻烦。这只饱经风霜的水桶曾经是我最宠爱的、消磨时间的玩物。我现在看见它，一种童年欢乐的回声不禁陡然涌上心头，只是带有一点苦味，再也没有泉水、洪流和尼亚加拉瀑布了。

我沉思着爬过了篱笆，一朵蓝色喇叭花拂过我的脸颊，我把它摘下来咬在嘴上。我决定散步到山上去，从山上往下眺望我们的城市。散步也是非常有趣的消遣，我过去却从不曾想到过。一个小孩是不懂得散步的。他只知道在树林里扮作强盗、骑士或者印第安人，在河边扮作船夫、渔翁或者磨坊工人，在草地上奔跑捕捉蝴蝶或者蜥蜴。于是我觉得我的散步就像是一个成年人不知道自己应该干什么而作的一次正经而又有点儿无聊的散步。

嘴上的喇叭花很快就枯萎了，我把它扔了。现在我又咬着一根黄杨树枝，它的味道很苦，但倒也有股馥郁的香气。铁路路堤上长着高高的金雀花，一只绿色的蜥蜴从我脚跟前跑了过去，这不禁又勾起了我的孩子气，我不停地追赶，潜行，埋伏等待，终于把这只胆小的动物捏在我温暖的手里了。我带着捕捉的余兴看着它那亮晶晶宝石般的小眼睛，感到它温软有力的躯体和坚硬的腿儿在我的手指间挣扎着、抵抗着。但是这种兴趣立即消失了，我不明白自己怎么会捕捉这只小动物的。这简直毫无意义，毫无快乐之感。我弯下身子，张开手，这只蜥蜴的腹部猛烈地鼓动着，在地上愣了一会儿后急急忙忙地跑进草地逃走了。一列火车从闪光的铁路轨道上驶来，驶过了我的身边，我目送它远去，一瞬间我顿然醒悟，自己对这里不可能再有真正的兴趣了，我只是热切希望搭乘这列火车远走高飞，到世界各地去旅行。

我环顾四周，看看铁路守路员是否就在附近，但是人影全无，毫无声息，我飞快地越过铁轨，爬上那边高耸的红砂岩，岩上修筑铁路时炸成的焦黑洞穴还到处可见。我很善于攀援，便牢牢地抓住了一根坚韧的、花朵业已凋落的金雀花枝。这座红色山岩上空气燥热异常，灼热的沙子在我攀援时灌进我的袖口，我抬头看时不觉大吃一惊，那温暖、明亮的天空距离峻峭的石崖竟是那样的贴近。我继续往上爬，蹭着岩石的边缘，借助膝盖往上顶起身子，我抓住一根满是刺儿的槐树枝，终于爬上了那一片为人遗忘的、山坡陡峭的山顶草地。

这片幽静的小荒地,是我从前最喜欢休憩的地方,火车为缩短路程就径直从它下面穿过。除了无人刈割的野草外,这里还生长着小小的多刺的玫瑰丛，还有几棵由风儿播种的、瘦弱可怜的小刺槐树,阳光透过稀疏而透明的树叶照射下来。这个草岛自上而下被一座红色山崖所隔断,我曾在上面扮演鲁滨逊,这个草岛不属于任何人,只要有勇气和冒险精神攀越陡直山崖的人都可以占领它。我十二岁那年曾用凿子在石头上凿下自己的名字，曾在这里读完泰能堡的《罗莎》,还写下一部儿童戏剧,剧本是描写一个趋于没落的印第安部落的勇敢酋长的故事。

被太阳晒得泛白的野草一束束耷拉在陡直的山坡上,被晒热的金雀花叶在无风的暖空气中散发着强烈的苦味。我躺在干燥的土地上,凝视着那些精致的刺槐树叶,它们正静静地憩息在蔚蓝色的空中,明亮的阳光透过这些排列巧妙的树叶照射下来。我耽于沉思之中,现在似乎是细细考虑我的生活和前途的最合宜的时刻了。

但是我想不出任何新方案。我只看到明显的贫困,它们正从各个方面向我威逼而来;只感到已往经历过的欢乐和喜爱过的思想均已黯然无光和枯萎凋谢了。对于一切我并不甘心放弃的东西,对于全部丧失了的童年欢乐,我的职业并不能够给予补偿,我不爱我的职业,并且早就不忠实于它了。它只是我走向世界的一条通道而已,在这个广大的世界上我无疑能获得新的满足。这种满足会是什么样的呢?

人们可以游历世界,可以挣钱,可以做什么事情和采取什么行动而不需要征得父母的同意,人们可以在星期天玩九柱戏、喝啤酒。但是所有这一切,我看得很清楚,仅只是次要的事情,绝没有我所期待的新生活的意义。真正有意义的生活是在别的地方,更为深刻、更为美丽、充满了神秘,我感到它和姑娘、和爱情有密切关系。那里一定隐藏着极深的欢乐和满足,否则牺牲童年的乐趣便完全没有意义了。

我已懂得爱情,见过许多情侣,我也读过许多令人陶醉的爱情作品。我自己也曾多次恋爱过,在梦中享受过某些甜蜜的乐趣,一个男人为了这些事情可以付出生命,而它们也就是他的事业和奋斗的意义。我的一些同班学友已经挽着女朋友上街了,在工场里,一些伙伴还毫无羞色地向大家叙述星期日的舞会和夜里偷爬闺房窗户的事。而爱情对于我还只是一座关着门的花园,我畏怯而急切地期待在入口处。

直至前星期,就在我的手给钢凿弄破前不久,爱情才向我发出清楚的召唤,从此我就像一个即将和过去告别而感到不安的人一样,陷于沉思状态之中,从此我已往的生活都成了过去,而未来的生活意义却越来越显明。我们工场的一个学徒,有一天傍晚拉住我同行,在回家的路上他告诉我,他知道有一个可爱的美人,她尚没有爱人,而且除了我不要别人,她还编了一个丝线钱袋,打算送给我。他不愿意把名字说出来，说我一定能够猜出她是谁的。当我逼他，追问他，最后几乎要翻脸的时候，他站住了——那时我们正好走到磨坊前的小桥上——轻声对我说："她正巧走在我们后面呢！"我困惑地转过身子，怀着期待和恐惧参半的心情想，也许仅仅是一个愚蠢的玩笑罢了。后面果真有一个年轻姑娘正跨上小桥的台阶，她叫贝尔塔·福格特林，是棉纺厂的女工，我早在那次行坚信礼的布道会上就已认识她。她站停了，看着我微笑着，脸上渐渐地泛起红晕，最后整个脸都烧得通红。我加快步子，跑回了家。

打这次相遇以后，她又碰见过我两次，一次是在纺织厂，当时我们正在那里干活，另一次是在回家的路上，当然她只是问候了一声，说"刚下班吧"，这表示她愿意和我谈话，而我只是点点头，说了一声"是的"，就慌乱地走开了。

我现在就回想着这段历史，怎么也想不出个头绪来。和一个美貌的姑娘相爱，这正是我梦寐以求的。眼前正好有一个美丽的金发姑娘，略略比我高些，她愿意我吻她，并在我的怀里憩息。她长得丰满结实，美丽的脸庞白里透红，脖颈上飘舞着厚密的鬈发，她的目光总是含情脉脉的。但是我从来没有思念过她，从来没有爱过她，从来没有在温柔的梦乡中追求过她，也从来没有在枕边颤声念叨过她的名字。只要我愿意，我可以爱抚她、占有她，但是我不崇拜她，不会跪在她面前求爱。事情会怎么样呢？我又该怎么办呢？

我闷闷不乐地从草地上站起身。啊，日子真不好过。上帝保佑我明天就结束我的工厂生涯，让我远走高飞，开始新的生活，把这一切都忘得干干净净。

为了找点事做，好让自己感觉还活着，我决定爬到山顶上去，尽管从这里往上攀援十分费劲。到了山顶，人就高居于城市之上，可以眺望很远很远的地方了。我冲锋似的跑上山坡，一直奔到较高的那一层岩石，接着又沿着岩石间的小道往上爬，爬到了最高的那层平地，荒凉的山峰从那里往下倾斜，山坡上灌木丛生在泥土松弛的岩石间。我来到那里已是浑身冒汗、呼吸急促了，在这阳光灿烂的峰顶上，和风吹拂，令人欢畅。开败了的玫瑰花无精打采地耷拉在枝条上，我走过时碰了一碰，枯萎的花瓣便纷纷散落下来。山上到处都长满了绿茵茵的小黑莓果，它们只在阳光照到的那一面带着点儿金属似的褐色光泽。缤纷的蝴蝶在宁静的温暖空气中悠闲地飞翔，闪烁着绚丽的色彩，无数带有红色和黑色斑点的甲虫在一朵蓝色的香味馥郁的欧蓍草花上栖息着，它们那细长的瘦腿机械地舞动着，正在作一次特别的无声的集会。天上的云彩早就消失了，天空一片湛蓝，邻近一座林山上黑魆魆的松树梢头呈现出鲜明的剪影。

我在学生时代经常和同学们一起在那层最高的岩石上放野火，现在我站在那里，环视着四周的景色。我看到半遮着阴影的山谷深处一条河流在闪光，磨坊的防波堤边闪烁着白色的泡沫，山谷深处最狭隘的地带是我们的古老城镇所在，褐色的屋顶上蓝色的炊烟正在袅袅地升腾。那里有我的老家和古老的石桥，那里有我们的工场，我仿佛看见锻炉的点点红光在闪烁；沿河流而下的一个地方坐落着纺织厂，工厂的平屋顶上长满了野草，在那一排排亮晶晶的玻璃窗后面，贝尔塔·福格特林正和别的工人在一起干活。嗳，她的事和我有什么相干呢！

这个古老的城镇面貌如旧，它那所有的花园、广场和所有的旮旮旯旯都在亲切地注视着我；教堂钟楼上的金字在阳光下闪光，笼罩在阴影中的磨坊渠道里清晰地映出房屋和树木的平静的黑影。只有我自己是完全改变了，在我的面前，在我和这些景色之间垂下了一道疏远的幽灵般的纱幕。我的生活再也不能安分而满足地禁锢在这个为围墙、河流和树木构成的小城镇里了。尽管还有一根坚韧的带子联结着我和这个地方，但是我再也不能在这里生长，再也不能囿于这个小圈子，而要热烈渴望冲破这个狭隘的范围走向遥远的世界。当我怀着一种特殊的悲哀俯视着山下的时候，我神秘的生活愿望、我父亲的言语、我所崇拜的诗人的言论，连同我自己私下的誓愿都一齐涌上心头。我觉得成为一个真正的男子汉，自觉地掌握自己的命运，是十分严峻但又极其有价值的。这一思想像一道光芒顿然驱散了我心头由于贝尔塔·福格特林的事而造成的疑惑的阴云。尽管她很美丽并且对我有好感，但是如此轻易地从一个姑娘手里获取幸福，却不是我愿意做的事。

不久就到了中午时分。爬山的兴趣早已消失，我沉思地沿着山间小道走回城镇去，我穿过那座小铁路桥，过去几年中我几乎每年夏天都要在这茂密的荨麻丛中捕捉孔雀蝶的黑色幼虫。我走进了公墓，墓地大门前有一棵长满苔藓的华盖成荫的胡桃树。墓地大门洞开，里面传来潺潺的泉水声。墓地近旁坐落着本城的礼堂，每逢五朔节和色当纪念日，人们就在这里吃啊，喝啊，聊天和跳舞等等，现在它却在老栗树下布满斑驳阳光的阴影里的红色沙地上被静静地遗忘了。

山谷里，阳光直晒着同河流平行的城镇街道，街上弥漫着中午的酷热；河岸上，是一排排和房屋相对而立的稀稀落落的椤树和槭树，稀疏的树叶已经呈现出夏末的枯黄色。按照往日的习惯，我沿着河边漫步，凝视着水中的游鱼。浓密多须的水草在明亮如镜的水中悠悠飘动，中间有许多幽暗但又清晰可见的空隙，孤独地躲藏看一条条强壮的大鱼，它们一动不动地朝着激流张大了嘴巴，不时吞下一群群被水流冲上水面的黑油油小鱼。我觉得这天早晨没有去钓鱼还是对的，但是这空气、这河水，以及明摆着的情况——在两块大圆石之间有一条黑魆魆的大鲤鱼正静静栖息在澄清的河水中，毋庸置疑地说明今天下午钓鱼是大有希望的。我一边提醒自己，一边继续往前走，当我从灼热的街上跨进自己家中地窖般阴凉的走廊时，便深深地吸了一口气。

“我觉得今天还会有一场雷阵雨。”坐在桌边的父亲说。他对气候有一种敏锐的感觉。我反对道，天上没有丝毫云彩，也感觉不到有一点儿西风，可是他微微一笑回答道：“你没有觉察到空气很闷么？我们等着瞧吧！”

天气真是闷热之至，阴沟里的污水臭得厉害，就像往常刮燥热风[1]前那样。我由于爬山爬累了，又吸进了许多热空气，感到疲惫不堪，便面朝花园坐在阳台上休息。我漫不经心而又睡意曚昽地断断续续读着一本关于戈登将军这位却尔顿英雄的传略，越来越强烈地感到暴风雨即将来临。天空仍然一片湛蓝，而空气却越来越让人感到窒息，似乎厚厚的云层遮挡了太阳，但是太阳却仍然高高挂在天上。两点钟的时候，我回到房里准备我的钓鱼用具。当我寻找钓线和鱼钩时，捕猎的兴奋的感觉已经从心头油然升起了，我很高兴自己居然还保留着对于一种嗜好的深切、热烈的情感。

那天下午特殊的闷热和令人不安的寂静在我脑海中留下了不可磨灭的印象。我提着鱼罐，沿着河流朝下游的小桥尽头走去，沿岸那幢高房子的阴影遮没了半座小桥。附近的纺织厂里传出单调的、催人欲眠的机器声，好似成群蜜蜂在嗡嗡嗡地飞舞；从上游的磨坊里也时断时续地传来轮锯的刺

[1]燥热风(föhn)，指阿尔卑斯山北部盆地所刮的一种南风。

耳尖声，此外便是一片沉寂。工场里的工人都早已回到厂房的阴影里去了，街上没有一个行人。在磨坊的小岛上有一个光着身子的小男孩在潮湿的石块上爬来爬去。车匠工棚前的墙上靠着锯好的木料，在日光的照射下散发出刺鼻的香味，这种干燥的气息在潮湿的、饱含鱼腥味的水蒸气中，我能够非常清楚地辨别出来。

鱼儿也感到这种不寻常的气候，开始烦躁不安。头一刻钟就有几条鳊鱼来咬钩，有一条长着美丽的红腹鳍的大家伙，正当我差一点儿把它抓到手里的时候，它竟然挣断鱼绳逃走了。鱼儿越来越不安，鳊鱼群都深深钻进淤泥堆里，再也不来理会我的鱼饵，而从河的上游，一些今年刚生不久的小鱼，一群接着一群逃难似的游向河的下游来。这一切都表明另一种气候正在酝酿中，而空气仍然平静得像玻璃一般，天空也没有阴暗下来。

我猜想是上游的污水把那些鱼儿赶下来的，这时我还不想放弃钓鱼的欲望，打算换一个新的地方，我看中了靠近纺织厂的一条小河。我刚在一座棚房旁边找好一块地方，还来不及把钓鱼工具打开，就看到贝尔塔从工厂一扇楼梯窗户中探出头来，朝下看着我并和我打招呼。我装作没有看见，只是朝鱼竿弯下身子。

两边围着堤岸的小河里的水越来越混浊了，我看见自己在水中的倒影颤抖摇动得很厉害，我坐着，把头搁在两腿之间。姑娘还站在窗户前，她叫喊我的名字，而我仍然呆呆注视着河水，并不转过头去。

我依旧一无所获，因为这里的鱼儿也仿佛有急事似的慌慌张张游来游去。逼人的暑气让我疲惫不堪，我只好呆坐在堤岸上，心想，今天大概不会有什么收获了，真希望现在就已经是黄昏了。我身后纺织厂的大厅里持续地响着隆隆的机器声，河水轻轻拍打着长满青苔的潮湿堤岸。我睡意矇眬地茫然坐着，实在是太疲乏了，懒得把钓绳卷起来。

约摸半小时后，我从懒洋洋的黄昏中惊醒过来，充满了一种忧虑和不安的预感。一阵狂风似乎被迫地打着旋转，空气混浊而又有臭味，几只燕子胆怯地紧贴着水面往前飞行着。我觉得眩晕不已，担心自己中了暑，河水散发出一股强烈的气味，有一种难受的感觉从胃部一直冲到头脑中，我浑身是汗。我把钓绳拉出水面，水珠滴在手上让我清醒了一些，我开始收拾渔具。

我站起身时，看见纺织厂前的广场上旋转的尘土凝成了一团团小球，突然间越转越高，积聚成一个大云块；鸟儿好似挨了鞭打似的急匆匆高高飞越过这一片变幻无常的空间。不久我又看到山谷的上空一片银白，仿佛将有一场大雪来临。风越刮越寒冷，像一个仇敌似的向我扑来，刮跑了我的钓绳和帽子，还像拳头似的重重击在我的脸上。

这股白色气流方才还像一场大雪盖在远处的屋顶上，蓦地却来到了我的周围，刺得我又冷又疼，把小河里的水掀得高高的，这时水下恰好转动着飞快的磨坊水轮。我的钓竿早已不知去向，我周围是一片咆哮着的、被毁灭着的白色荒原，狂风吹打着我的头和手，我身边的尘土都腾空而起，砂石和木片在空中飞舞。

我觉得一切都不可理解，我只感到将要发生什么可怕的事情了。我纵身一跳就躲进了棚屋，简直被眼前这幅不可思议的可怖景象吓蒙了。我紧紧抓住一根铁柱，几秒钟内我几乎丧失了知觉，慢慢才清醒过来。我从来不曾见过这样的风暴，也不曾想到会有这样的风暴，它像魔鬼一般从我面前刮过，天空高处发出一种可怕的、或者可以说是狂怒的喧哗声，在我头上的平屋顶上以及门前的空地上厚厚地堆起了一层冰雹，巨大的冰球一直滚到我脚跟前。冰雹和暴风的喧嚣可怕之至，把河水都打得喷出了白沫，在堤岸里掀起了上下起伏的波浪。

我看到，就在一分钟之内，木板、屋瓦以及树枝都被风刮走了，碎石块和泥灰块纷纷而下，继而又立即被不断落下的冰雹盖没了，屋顶的瓦片好似受到铁锤猛击似的破碎坠落，玻璃都碎裂了，屋檐也纷纷跌落下来。

这时有一个人从工厂向这里奔跑而来，穿过了铺满冰雹的空地，衣服在暴风中飘舞着。这个人挣扎着走近了，从可怕的、混乱咆哮的暴风中向我靠近。她走进棚屋，跑到我身边，一张安静的、既陌生又熟悉的脸上，一对可爱的大眼睛转动着，带着一丝痛苦的微笑，这张脸朝我眼前凑来，一张温暖的嘴探索着我的嘴唇，如饥似渴地久久吻着我，几乎令我窒息，双手抱着我的颈项，潮湿的金发贴到了我的脸颊上，正当冰雹的袭击狂暴地震撼着世界的时候，一阵无言而令人畏惧的爱的狂飙也更为深切而可怕地向我袭来。

我们默默无言地坐在一堆木板上，紧紧拥抱着，我胆怯而惊奇地抚摸着贝尔塔的头发，我的双唇紧紧吻在她那强壮、丰满的嘴上，她的温暖使我感到又甜蜜，又痛苦。我闭起眼睛，她把我的头紧紧压在她别别跳动的胸前，抱在怀里，双手轻轻地在我脸上、头发上抚摸着。

不知什么东西“砰”的一声掉落下来，把我从昏迷中惊醒了，我张开眼睛，看见她那严肃诚恳的脸正带着一种悲哀的美丽，茫然若失地凝视着我。她那富有光泽的额头上，在散乱的金发下，正流着一道鲜红的血，鲜血流过整个脸庞，一直流进了脖子里。

“怎么啦？出什么事？”我恐慌地叫道。

她凝视着我，淡然一笑。

“我以为世界要毁灭了。”她轻声说，暴风雨的喧哗声淹没了她的话语。

“你流血了。”我告诉她。

“冰雹打的。没关系。你害怕啦？”

“不。你呢？”

“我不怕。啊呀，现在整个城市都毁啦。你现在仍旧不爱我吗？”

我沉默不语，惶恐地望着她那双明亮的大眼睛，它们现在正充满着伤感的爱情，当她的嘴唇重重地、眷恋地吻着我的嘴唇时，我目不转睛地望着她严肃的眼睛，在她左边脸颊上，一道鲜红的血仍然在雪白光泽的皮肤上流淌。当我的神志昏昏然时，我的心却仍在奋力挣扎，保卫着自己不受迷惑，不至于被这阵违反自己意愿的爱潮卷走。我站起身子，她从我眼中看出我在怜悯她。

她往后退了一步，生气地瞧着我，当我同情而又担忧地向她伸出双手时，她握住了我的双手，把脸埋在我手心里，跪下去哭了，温暖的泪水一直流进我颤抖的手掌。我为难地往下瞧着她，她把脸颊贴在我的手上啜泣，一头柔发阴影般地遮在她的后颈上。我激动地想道，她若是另一位姑娘，是我真正心爱、并愿为她献出灵魂的姑娘，我将如何喜欢地爱抚这一头可爱的柔发，亲吻这雪白的颈项啊！可是我的血液流得很平静，看见她跪在我脚前，我心里又痛苦又惭愧，因为我不爱她，不愿意把自己的青春和骄傲献给她。

我所经历的这一切，在这中了魔似的一刻中所感受的事情，我至今仍能记得成百种细微的动作和表情，好像它在我的记忆中占了很长的时间似的，事实上只有几分钟而已。一道光芒出乎意料地照射进来，潮湿的天上露出了好几块蓝空，似乎要补救刚才的罪过。突然间，暴风雨的喧闹完全停息了，一种令人惊奇的、不可思议的寂静笼罩了我们。

我大梦初醒似的从棚屋里走出来，当我重返日光之下时，很惊讶自己居然还活着。荒凉的空地上景象凄惨，土地好似翻掘了一遍，又像是被马蹄踩乱了，到处都是巨大的冰雹堆，我的钓鱼工具不知去向，连鱼罐也找不到了。工厂里人声喧哗，透过成百块打碎的玻璃窗可以看清人头攒动的大厅，人们从每一个门洞里往外挤。满地都是打破了的玻璃和屋瓦的碎片。一条长长的铁皮成溜儿被风从屋檐上吹下来，倾斜着横在两道墙头的半中央，弯折了。

我忘了刚才发生的事，只是怀着一种疑惧的好奇心想看一看究竟发生了什么，这场风暴究竟干了多少坏事。眼前的一切景象，那打破的玻璃窗，那碎砖破瓦，乍一看确实凄惨可怕，但是归根结蒂也并没有怎么可怕，并没有真像大旋风给我的印象那么阴森可怖。我舒畅地呼了一口气，心里半是疑惑，半是醒悟，对眼前这一切感到惊奇：房屋依然故我，山峰也照样屹峙在山谷两边。是啊，世界并没有毁灭。

这时我离开工厂的空地，越过小桥，走到了第一条街道上，面前又是一幅天灾造成的更为凄凉的景象。小街上铺满了窗玻璃和窗框的碎片，烟囱倒在地上，连同带下的瓦片一起跌得粉碎。所有的门口都站满了人，他们受了惊吓，有的发呆，有的悲叹，那情景就像是一幅图画中所描绘的一座受围攻被征服的城市那样。碎石和树枝堵塞了道路，窗户洞上到处都残留着玻璃碎屑和木片，花园的篱笆有的倒在地上，有的靠在墙上，不时发出咔咔的声响。许多孩子失踪了，人们正在寻找。旋风来临时人们若是在田野里肯定会被冰雹击毙。巨大的冰雹到处可见，有银币那么大，有的甚至更大些。

我仍处于兴奋状态，没有想到回家去看看自己家中房屋和花园遭受损失的情况；我也没有想到家里人会惦记我，因为我完全平安无事。我决定到原野上去转一转，不再在这堆破砖烂瓦上踯躅，我所宠爱的地方正在我的思想中引诱着我，那就是公墓边上那块古老的庆祝场地，这块童年时代每逢盛大的节日总在那儿的阴影里度过的地方。我算了一下，自己从山上下来经过此处回家时，仅仅是四五个小时以前的事，而在我的感觉中却已是很久以前的事了，对此，我感到很惊奇。

这时我又往回走到街道上，走过下面的小桥，半路上透过花园的缝隙，看到红砂石建筑的教堂尖塔仍安然无恙地兀立着，就连那所体育馆也没有什么大损伤。再过去就是一家古老的酒店，我从老远就认出了它的屋顶。那所房子还在，可是完全变样了，我一下子不明白是什么原因。我竭力回忆，才想起酒馆前原来一直挺立着两棵高耸的白杨树。这两棵树现在不见了。古老可亲的外貌遭到了破坏，可爱的地方蒙受了损害。

一种不好的预感在我心里油然而生:大概有更多更宝贵的东西受到了破坏。一瞬间我觉得自己又有一种揪心的感觉,我真爱自己的故乡,我的心、我的幸福和这些屋顶、钟楼、小桥以及街道、树木、花园、树林联系得是何等深切。在一阵新的冲动和忧虑的刺激下,我飞快地奔向举行庆祝盛典的广场。

我一到那里便愣住了,我看见这个包含着我无数甜蜜回忆的地方竟遭到如此彻底的破坏,变得难以形容的荒芜了。那棵古老的栗子树,每逢喜庆盛典,我们都在它的阴影下躲避烈日,当年我们三四个孩子才能把它的树干围住,如今它却被吹倒了,破裂了,根须都被扭断而露出土来,以致地面上裂开一个房屋那么大的洞穴。没有一棵树还在它们原来的位置上,这真是一片令人战栗的战场,就连那些菩提树和槭树也都横七竖八躺在地上。这个广阔的广场现在竟成了由树枝、断裂的树干、树根和土块堆积而成的巨大的垃圾堆,虽然尚有粗壮的树干还竖在地面上,但是已不成为一棵树,而是被折裂、被扭断,刮下了成千片白色的碎木片。

广场和街道上树枝和树干乱七八糟地堆得像房屋一般高,封锁了交通,我再也不能往前走了。从我记事的儿时起,在我的记忆中这里就是一片深沉的、神圣的阴影,以及高高的树木形成的神殿,如今却只有茫茫蓝天注视着这一片悲惨的景象了。

我感到自己一切隐秘的根子似乎也都被拔掉了，被抛弃在这无情的耀眼的白日之下。好几天工夫，我整日在各处转来转去，但是找不到一条林中道路，见不到一棵可亲的胡桃树阴影，再也没有我孩提时代攀缘过的老橡树的影子，从远至近环绕着城市的只是垃圾、洞穴，被摧毁了树林的斜坡好像刈割后的草地，倒卧的树身连同裸露的树根悲惨地横在阳光下。在我和我的童年之间裂开了一条鸿沟，我的故乡已不再是过去的故乡了。消逝的年代里发生的一切可爱的或者愚蠢的事情都已离我而去，不久后，我自己也要离开这个城市，将要作为一个成年男子去营谋自己的生活，生活的最初的阴影在这几天中已经从我的眼前掠过。

1907年

张佩芬　译

殉情

〔日本〕小泉八云

一

有时他们干脆互相拥抱着一同卧在铁轨上，就在一列开来的快车的前头。(他们不能在出云这么办，因为出云还没有铁路。)有时他们为自己编一个小小的花圈，给父母或朋友写下非常古怪的遗书，用某种苦涩的毒药跟米酒掺和喝下去长眠。有时他们选择一种更古老更受人崇敬的方式：男人用一把剑首先一下杀死自己心爱的女子，再刺穿自己的喉管。有时则用女子长长的绉绸腰带紧紧地把双方面对面绑在一起，这么拥抱着跳进深深的湖泊或江河。当他们为那极为古老的悲苦所折磨时，他们走向冥土的方式是很多的，叔本华[1]为这种悲苦建立了一套如此奇妙的哲学理论。

他们自己的理论则简单得多。

没有人比日本人更爱生活的了，也没有人比日本人更不怕死。对未来的世界他们无所畏惧。他们不顾一切离开这个世界，只因为它似乎是一个幸福美丽的地方；可是未来的神秘性，那是西方人一个长期的精神负担，他们并不关切。至于我谈到的年轻的情侣们，他们具有一种信念，这种信念为他们抹掉了那些神秘色彩。他们带着无限的信任转向黑暗。如果他们过于不幸而不愿活下去，错误不是别的某个人的，也不是笼统世人的，那是他们自身造成的，那是因缘，是前生的错误的结果。如果他们今世没有希望结合，那不过因为前生他们毁弃了婚约，或者对待彼此残酷无情。所有这一切不是异端邪说。尽管佛教声明自我毁灭是一种不可救药的罪孽，但是他们同样相信通过死在一处他们会觉得立刻能在另一个世界里结合。这个以死来达到结合的想法是比释迦还古老得多的信念，但它在现代从佛教多少借用了一种特殊的心醉神迷的色彩，一种神秘的光焰。他们将一同在乐园的莲花上安息。佛教教人以无尽的转世之说，绵延亿万斯年，直到灵魂得到无常与不朽，融化到涅槃的幸福里，犹如白云化进夏日

[1]叔本华（1788—1860），德国哲学家，他认为人生由一种求生意志所支配，人总是处在烦恼痛苦中。

蔚蓝的晴空。但这些受苦的人们从未想到进入泥洹[1],他们最高的愿望,爱的结合,他们的幻想是通过一死来达到的。所有的幻想——真的,如他们的遗书所表露,并不一样。有的人想进入佛的光明的乐园,有的人在他们虚幻的希望里看到未来的再生,到时候相爱的情侣将在另一回全新的欢乐青春中重逢,可是多数中的许多人心中是十分无数的——只不过是缥缥缈缈地一块儿飘过烟雾迷蒙的静寂的境界,好像在朦朦胧胧的梦境里。

他们总是祈求合葬,但往往遭到父母或保护人的拒绝,人们认为这种拒绝是残酷的,据说要是不给合葬,那相爱的情侣死后得不到安息。不过要是同意了,仪式倒是美丽动人的。两家送葬的行列在灯笼的亮光照耀下在寺庙庭院里会合。在这里念完经和做完习惯的仪式后,由主持的祭师或和尚对死者致词。他慈悲地谈到谬误与罪孽,这两名死者的青春年华,短暂如鲜花,在早春刚刚初放的时候就凋谢了。他谈到影响了他们的迷惘,他背诵大师的古训。但是有时他甚至会预告情侣们在更幸福更崇高的来生的重新结合,把人们心底普遍的想法用简练的语言滔滔不绝地说出来使听者动容流泪。然后两队送葬的行列合而为一,踏上往墓园的道路,在这里早已准备下坟茔。两口棺材一块儿放下去,所以它们安

[1]佛教术语“涅槃”的另一种译法。

放在墓穴底部时是并拢互相紧挨着的。于是专门以殡葬为职业的山民[1]抽掉把这对情人隔开的木板——使两副棺材成为一副；在这对重新在一起的死者上面堆上泥土；镌刻有记叙他们的命运的文字的墓碑，也许是一首小诗，安放在他们的遗体合葬的墓前。

二

这类情侣的自杀被称为“情死”或“殉情”(两词都是用汉文写的)。这种事情通常发生在高等妓女这一社会阶层当中，但偶尔也在更受人敬重的阶级的少女当中发生。存在一种宿命主义的观点，即倘若高等妓女中发生一次殉情事件，那么同一妓院中准有两名跟她同住在一起的接着来。无疑这种信念本身是殉情往往有三个人一连发生的原因。

那些贫家的少女们，在她们的家庭陷于极端困难的情况下志愿把自己出卖给这种可耻的职业，绝不堕落到她们的西方姊妹们达到的程度(除开在那些欧洲的罪恶与兽性造成道德败坏的影响的开放港口)。许多女子，虽然一直受到这种可怕的奴役，确实依旧保持优美的风度，细腻的感情和天然的

[1]山民这一名称是因为他们住在(出云)妙高寺上方的山上而来——这是一个以替人洗沫尸体和挖墓穴为生的贱民阶级。——作者原注

庄重，那在这样的环境里既不寻常又感人。

就是在昨天一起殉情事件震撼了这个平静的城市。滩街的一位医生的女仆，在天亮后不久走进她的小主人的卧室，发现这个年轻人抱着一个绝命的姑娘而死。他曾被取消继承权，姑娘是一个妓女，他们在昨晚安葬，但不是葬在一处，做父亲的对竟然发生这样的事情既悲痛又生气。

她的名字叫金。她长得特别漂亮，性情又非常温和，据各方面所说，她的师傅待她似乎态度和善，这在他那个声名狼藉的一类人当中是不寻常的。她为了她的母亲和一个小妹妹的缘故卖身为妓女。她父亲已故，家贫如洗。当时她才十七岁。她进妓院差不多还不到一年就遇见这个青年。他们一见倾心，严肃认真。他们遇到了再没比这更可怕的事情了，因为不可能成为夫妻。年轻人，虽然还未被赶出家门，已被剥夺了继承权，继承权给了一名收养的品行更为稳重的兄弟。这不幸的一对为了有机会相见而牺牲了一切：她甚至卖掉了她的衣服。他们最后深夜在医生的家里偷偷见了一次面，双双服毒，躺下永远安息了。

我看到为这个姑娘送葬的行列在纸灯笼的照耀下穿过大街小巷走向寺庙街——惨淡的灯火像磷光一样摇曳闪烁，后面跟着一长列队伍戴着雪白的头兜，穿着雪白的长袍，系着雪白的腰带，无声地走过去——一群白色的幽灵。

那些白色的形体就是这样轻悄地穿过黑暗走向冥土，佛教画上所想象的阴曹地府的。他们是列成不死的队伍的灵魂。

三

《山阴[1]新闻》将在明天完整地登载这个悲惨的故事。我有一位替该报写文章的朋友，告诉我同情这对恋人的人已经把新盖的坟墓铺满鲜花和樒枝[2]。然后他从一个当地产的长信封里拿出一卷长而薄的光洁的纸，上面写满了美丽的日文。他在我面前把它展开，补充说：

"她把这封信留给她住的房子的看管人，要他交给我们发表。信写得很漂亮，不过我译不好，因为它是用女子的语言写的。女子写信所用的语言跟男子的不一样。女子使用特殊的词语，比方，在男子的语言中，'我'按不同的身份或地位，称为'私'、'余'，但女子自称'妾'。女子的语言是非常文雅温柔的，我不以为能把这种温柔可爱的语言译成任何其他文字，所以我只能把这封信的大致意思说给你听。"

于是他慢慢地口译成这样：

我留下这封信：

---

❶山阴，指以鸟取和岛根两县为中心的地区。
❷樒树是日本的一种常绿小乔木，常种于墓地。英语称为日本茴香。

如你所知道的，从去年春天起我开始倾心于太四郎君，他也钟情于我。现在，唉！我们前生的关系对我们产生了影响——我们前世的约定已遭破坏——今天我必须命赴黄泉。

虽然你发现我是这么愚钝，又无势无力，你不仅对我非常和善，而且照样为了毫无价值的我多方面照顾我的母亲和妹妹。现在，既然我无法报答你包围我像高山大海那样的恩情于万一，你要把我当作一个重大的罪人那样憎厌就不是没有正当的理由了。

虽然我对我就要做的事似乎是一件罪恶的蠢事毫不怀疑，我是为境遇，以及我自己的心所迫而做的。因此我依然请求你宽恕我以往的过失。虽然我去到冥土，我将绝不会忘记你对我的恩情——重如山，大如海。我在青青的墓草阴影下也要设法报答你——把我的感激之情送达你和你的全家。我再一次全心全意地恳请你别对我生气。

我还有许多事情要写，但是我的心现在已不成为心了；我必须走了，所以只好止笔。

这封信写得这么笨拙。

金再三向你跪拜。

金上。

致——君。

“嗯，这是一封具有特色的殉情遗书。”我的朋友在沉默了一会儿之后，把那张脆弱的纸放进了信封，表示他的意见。“我想它会使你感到兴趣的。现在虽然天渐渐黑了，我还想到墓地去看看墓上做了些什么事。你愿意跟我同去吗？”

我们走过那道白色的长桥，踏上寺庙街，走向妙高寺的古墓园——我们一边步行，一边暮色渐浓。一弯淡月高悬在宏大的庙宇的屋顶之上。

蓦然间一个远处的声音，洪亮而甜润——是一个男子的声音，在星光熠熠的夜晚唱起了歌，如同禽鸟的鸣啭——这些表现民间普通的感情的日本歌曲似乎是从鸟儿的歌声学来的。一个快乐的工匠正走回家，通过稀薄寒峭的空气每个音符是这么清楚地传到我的耳边，可是我不明白歌词的含意。

“那是什么意思呢？”我问朋友。

他回答：一首情歌。歌词大意是：

走吧，照那条路往前走，
你看见那栋房子在前头；
你走得离那栋房子愈近，
你也离她愈近而跟她愈亲。

孟修　译

初恋

〔日本〕国木田独步

我十四岁时，假定我们村子里住着位姓大泽的老人。这虽是事实，但暂且假定一下吧。

这位老人为人之顽固，仅从他是位汉学家而又无一人和他交往一事便可知晓。即便见了平民小百姓，他也马上摆出大道理将人难倒，人们只好退避三舍，敬而远之。在狭窄的田埂上，谁如果与此老相遇，这人离老远便闪过一旁，恭候他过去。因此，先生愈益得意，目中无人，大摇大摆阔步而行。

他家在离我家不到三丁(亦作町，旧时距离单位，约合109米——译者)的山脚下，虽是所只有四间房屋的小院落，但却小巧玲珑，风雅别致。院内多树，还种着各样花草，绿荫之下，百花争妍。里面住着一个年近四旬的男仆和一个年方十二岁的孙女，总共三口人。冷眼旁观，这人家孤独寂寞，死气沉沉，当然实际上也并非如此。

有一天，我独自散步，不觉信步来到靠近这位老先生宅院的小丘之上。无意中向对面一望，见那位顽固的大泽老人正坐在松树根上埋头看书，并未察觉我的来临。那位孙女似在呆望着远方的大海。听见我的脚步声，姑娘猛地一回头，一看是我，脸上露出了微笑。接着老人也看见了我，照素日的样子显出一脸可怕的神色，随即将手里的书揣进了衣袋。我当时是学校里的孩子头，也够傲慢不逊的。因为年少，对大泽先生总摆出一副老学究的架子心中生厌，曾自作聪明地想，总有一天要让那老顽固认口服输的。于是我问道：

"先生，您刚才看的是什么书？"

"什么书都行，你打听这个干什么？"他用低哑的声音气狠狠地反问道。

"因为我喜欢《孟子》，所以才问问。"

一语击中要害，因为我知道这位老先生曾攻击过《孟子》，声言四书之中唯独这书不能摆在我家里。我不怀好意地捅这马蜂窝，为的是挑起争论。

"嗯，你喜欢《孟子》吗？"

"是的，我非常喜欢。"

"向谁学的？谁教你的？"

"父亲教我的。"

“是吗，你有个混账的老子呀！”

“什么？这不是出口伤人吗？张口就说别人的父母是混账。”我暴躁起来。

“住嘴！太猖狂了！”老人咄咄逼人地瞪起双目，大喝一声。

这时站在一旁一直默不作声的孙女赶紧一拉老人的袖子，温柔地说：“爷爷回去吧！回家吧！”

我丝毫不把老人的那套放在心上，大声喊叫：“不逊，太傲慢不逊了！”显示出浑身是胆、天不怕地不怕的样子。老人急忙从衣袋里抽出《孟子》来：“喂！你看看这地方！”举到我眼前给我看的便是那句“君视臣如犬马，臣视君如寇仇”。我早就知道是这么回事，就噔噔地把这句话一念，喊了声：“这有什么？”

“你是日本人吗？”

“是，不是日本人是什么？”

“是夷狄，是畜生！是日本人的话就好好听着：‘君不君，臣不能不臣，此乃先王之教，君待臣以礼，臣仕君以忠，此乃孔夫子之言’，这是关系日本国体的教诲，即便是这样，你也喜欢《孟子》吗？”

我被他这么一问，有些词穷了，但马上说：“那样的话，先生为什么还看《孟子》？”我抓住把柄不放，先生也有点儿语塞，于是我穷追不舍，“就是说，孟子说的话并非全不对，读了有益之处还很多呢。我所谓喜欢，只是喜欢那有益的地方，先生不也一样吗？”

这时，孙女再一次拽老人的袖子，催他回家去。老先生沉稳地立起身来：“你还没资格说那些吹牛的话，哪里读了有益，哪里无益，小孩子家的头脑能分辨得清吗？今天晚上到我家来，我详细讲给你听！”说完，祖孙二人便下山去了。

也不知是我把那高傲的老人给攻倒了，还是老人把高傲的我给攻倒了，反正我觉得灭了点他的威风，便也转身回了家。把这事对父亲一说，父亲狠狠地说了我一顿，命令我今晚赶紧到老人家去赔礼道歉。父亲认为我羞辱了长者大不应该，讲了一大套道理。

这晚，我初次往访大泽先生的宅邸。并无须我怎么赔礼认错，老先生很亲热地给我讲了许多，我不知怎的忽然喜欢起这位老人来，觉得他简直像我的祖父。

从此以后，我经常到老人家去，常常一放学就去了。老人和孙女爱子也总是高兴地欢迎我。和最初的表面印象大不相同，先生的家不仅不是死气沉沉的，相反地令人很快活。男仆太助是个诙谐有趣的人。爱子也许因为连小学校的门也没进的关系，是个不谙世故的、无比文静端庄的姑娘。至于老先生，只不过是位和善的老爷爷而已。我往大泽家走动了一个月光景，从前桀骜不驯、好耍小聪明的毛病都不见了。

每当老先生坐在那小丘的松树根上看书时，我和爱子曾多次坐在小丘顶的岩石上共赏落日的美景。

这便是我的初恋，也是最后之恋。该明白我说假定姓大泽的缘故了吧？

程在里　译

我们的结婚

——不能彻底读懂的人可耻

〔日本〕佐藤春夫

一

谷崎[1]和御千代虽然住在同一个家里，但好像仅仅是名义。是怎样的一种心情，怎样的一种心态，使他们变得那样，读一读谷崎的作品《食蓼虫》便会知晓。虽说这是创作，但绝不是脱离现实的杜撰。只是令人感到，在真实性方面描写得还很不够。不过，御千代倒不像作品中出现的夫人那样摩登的太太。

对于谷崎来说，御千代实际上是一个重要的麻烦人物。

[1]指谷崎润一郎。

由于谷崎知道使御千代陷入不幸的，正是自己，所以，心中总是怀着自责之念。然而，似乎他又根本不想努力，把御千代引向幸福之路。一句话，谷崎似乎就是命中注定讨厌御千代。谷崎是一个好恶极端鲜明强烈的人。我被这样一个谷崎似乎深深地喜欢着，也是三生有幸。关于我的事，在此暂且不提。谷崎不爱御千代，让谷崎说，也有许多道理。但客观地看，却没有任何值得一提之处。归根结底，不过是性格不合啦，或按他的说法，彼此性情不相适应啦，等等。

就在前不久，御千代向丈夫谷崎认真地提出了一个希望。说："希望至少一天中有一个小时，哪怕在饭后也好，都坐下来在一起好好聊聊。谈什么都行。"

听了这话，我想，这对夫妇是到了何种再也不能维持下去的程度，是很清楚的。

但这样说，谷崎是就完全无视御千代的存在而为所欲为了呢？决不是。在让御千代守空房的期间，他心中始终怀着一个强烈的、似乎不被世间一般人所能理解的意念，这就是：自己在与其他女性交往时应当慎重。这从他的实际行动也可以知道，他是一个非常讲道义、律己的人。

我想，在通常情况下，他们夫妇的那种状态，恐怕连一年半也忍耐不下去、维持不下去的。不了解谷崎的性格和御千代的脾气的世人，只知道他们表面上是十六年的夫妇，不可能会想到他们会那样。因此，是不会从根本上理解事情的根由的。我虽然把谷崎夫妇这种苦修僧似的生活认为是一种毫无人情味、毫无意义的努力，但对此甚至也觉得可敬。

我敬爱谷崎，也以同样的程度敬爱御千代，就是今天也仍然如此。我也相信，就是明天、今后也决不会改变我对他们的这种感情。对于不能完全理解我此种心情的人来说，以下的文章就会越发不可理解了吧？

在他们夫妇关系发生如此变化的期间，作为敬爱其双方的我，是处在怎样一个立场呢？由于我对他们夫妇俩怀有同样的敬爱之情和信赖之感，所以，也得到了他们的宝贵的回报，这就是：当他们双方彼此有时不能向对方表明的心情，这时会讲给我听。这样，我就夹在这两颗心之间，试图予以融通。换句话说，我是怀着对谷崎来说是弟弟般的、对御千代来说是哥哥般的友情从中说合的。这一点，从第三者的目光来看，似乎也是这么看的。像谷崎的弟弟终平，有事甚至不找谷崎而找我；像御千代的一个哥哥，为妥善处理谷崎和御千代的问题，也屡次找我商谈。这就是最近四五年来，我与谷崎夫妇之间的关系。所幸的是，我认为我确实没有辜负他们的信赖。我想，其原因不是由于我有其能力，而是在于他们的信任，把我置于那个位置上。我也十分清楚，自己是一个散漫的人，但是，关于涉及御千代的事，不论何时何种情况下，我都不会认为是她出的错，把责任加在她的身上。这种信念完全是出自对她的尊重。我感谢令人感到有那么深的爱的御千代。

下面,我怀着深切的感情,更具体地谈谈。

二

谷崎不是不爱御千代,只是爱而不喜欢。记得十年前,我曾对谷崎谈过,御千代有其可爱的一面。谷崎也自然清楚这一点。但是,爱与喜欢似乎是两码事儿。总而言之,似乎即使能爱但却不能喜欢。这一点,从打那以后的十年来的情况看,渐渐清楚了。讲究道义、严于律己的谷崎也知道,比起他来,还是我更深深地爱着和喜欢着、尊敬着御千代。同时,御千代似乎也认为做我的妻子最合适。(这一点,后来我才知道。)

但是,当时,我已经有了妻子多美子。不幸的是,我跟多美子的关系总是不大融洽。多美子对最近所发生的事也抱怨,曾找过谷崎商量跟我分手的事。当然,我本人也跟谷崎谈过。但谷崎总是回答说:夫妇间的事由本人决定,最好。我说想分手,他沉默不语,我问该怎么办,他还是沉默不答。去年年末,我跟他坐车,当汽车过大曲时,他对我提出了忠告,说:"你应该忍耐,再做出些许努力。"

但是,打去年十月份开始有离婚想法,到今年五月份下定了分手的决心的我们夫妇俩,到了六月初旬,就呈现出破裂的局面,到了六月中旬,终于彻底地分了手。说心里话,我对多美子也是恋恋不舍的。但更舍不得的是多美子带来的前夫的女儿美代子。她在我这儿从六岁长到今年的九岁。对她我心中充满了炽热的爱。一下子离开她，心中真不是滋味，作为她来说，也是够可怜的。但是，为了我们夫妇都好，我也认为分手是最明智的办法。关心我们的人也把我的这种想法看作是正当的。因此，也只好如此，别无他法。多美子性格未必就是不好。毋宁说，她倒是一个直心肠的、容易被人理解的女人。但这种性格上好的一面，在我这儿却没能得以发挥。其责任有我的一半。也就是说，我没有使多美子信赖我。我想，跟着我性格上扭曲了的多美子只要选择一个性格上合得来的人，是还会得到幸福的；比起彼此漠不关心，形同路人住在一个屋檐下来，还是分道扬镳、各奔前程的好。

到了六月中旬，我跟多美子的一切彻底结束了。在闹家庭矛盾的期间，我住在帝国饭店的一个房间里，一边忙写已经持续写了半年的《大阪朝日》的稿子，一边写有关离婚一事的全部过程。工作一结束，我就去京阪地区旅行。因太寂寞了，我让谷崎到大阪车站接我，其目的是想让谷崎夫妇这两位好友安慰一下我这凄清悲伤的心。由于跟多美子闹离婚，我陷入了穷困潦倒的窘地。我想，暂时会成为谷崎夫妇家的食客。工作似乎也干不下去了。打那以后，又喝起酒来，而且想喝京阪的酒了。在东京，有钱时就喝酒，心情近似自暴自弃，因此，酒量也不知不觉增大，一瓶白兰地一次就能喝光。

在这一期间，我也有了一个不知道是对我真心还是只是玩玩的女人。她真心我也就真心。然而，事后我就感到后悔。但是，那种流浪汉的生活，是与我格格不入、不合我的性情的。我热爱家庭生活。自从养育美代子后，其感尤切。迄今，我结了三次婚，但全都以失败而告终。但我并不诅咒结婚。我总是因自己的糊涂和不认真而看错对方，因而，每次都给自己和对方带来不幸，对此，我感到的只是后悔。

比约定时间，我晚到大阪十多天。发出电报后，也晚了三四天才到大阪。到大阪时，据说谷崎前天晚上在车站白接了我一场。那天晚上，谷崎把我领到常去的一家饭店，一边让我吃饭(在火车上我没有吃晚饭)，一边安慰我，说，从整个过程看，离婚是不可避免的自然的结果，他还是赞成的。接着，我半开玩笑地说："这次我想找一个温柔的关西女性做老婆呢。"谷崎听我一说，表情严肃认真起来，说：

"怎么样？你不想跟御千代结婚吗？要是那样，我可得救了——实际上，我心里早就有这个想法。正因为这样，我才避开你和多美子来找我。"

对此，我没有立即回答。这是因为，我十分清楚，御千代现在是不会有那种心情的。我只回答说："要是御千代也有此意的话……"

谷崎不言语了。谈话就此结束。

到了十一点，我来到了谷崎的家。御千代在等着我，没有睡。跟谷崎处于不讲话状态的御千代似乎还不知道我跟多美子离婚一事，还以为我像往常一样，在结束一段漫长的报纸工作之后，轻松一下筋骨，来大阪玩呢。她说：

“我正想给叔叔发信，请你来一趟呢。”她女儿鲇子称我为叔叔，所以，她也不知不觉习惯地称我为叔叔了。我问她为什么叫我来？她说，是她跟谷崎的关系比以前更糟糕了。

我洗了澡，一躺下，御千代立刻来到我的蚊帐外面，对我说：“请休息吧。”

“御千代，我终于跟多美子分手了。”我说。

“真的吗？”

御千代有点吃惊。隔着蚊帐，在明亮的灯光下，可以看到她用手迅速拭泪的情景。她再次说了一句“请休息吧”的话，便摁了一下柱上的开关，熄了灯，走出了房间。

我跟多美子之间的关系不好，御千代半年前就知道了。而且，曾感叹说：“仅从你这方面看，我一直以为你们的关系还是很好的，然而……”所以，这次离婚，就是我不加说明，她也会理解的吧。刚才，她是在为我和多美子流出了同情的泪吧。御千代是一个爱流泪的女人。谷崎对此很烦，说讨厌。

三

我认识谷崎有整整十三年了。他是我重新走上文学生涯的恩人。当时,他由于陷入了另一个爱河,过着完全无视御千代的生活。从今天来看,也并不是完全无视御千代的存在。只是因当时我与他交往尚浅,且不懂得人生,不了解他的全部,才有那样的印象,认为他好像在虐待御千代。我很同情御千代。此前曾劝告过谷崎,让他别那样待御千代,并摆出御千代的许多优点。然而,他就是听不进去,说,那些都是因为我喜欢御千代,所以,在我的眼里全是优点。实际上,我也确实喜欢御千代,并把这一心底话说给了谷崎。谷崎却骂御千代是混蛋,而我改正他的话,说:应该是"神圣的混蛋"。

御千代也感到了丈夫不爱自己,但不知道由从何起。邻居们都很同情她,把谷崎的婚外恋委婉地讲给她听,但她却决不听信。尽管如此,最后,她终于想通过丈夫的一位朋友——我,来确认一下丈夫谷崎为什么不爱自己,到底有没有那回事。这是我被要求充当他们夫妇中间的斡旋人的第一次机会。

在充当斡旋人的过程中,我越来越喜欢御千代了。谷崎也在考虑,作为解决办法,让御千代和自己离婚后跟我结婚。有了谷崎的理解,我向御千代表白了自己对她的爱。御千代听后,没有辜负我的感情,也马上表示同意。

但是,就在这一期间,谷崎的思想又动摇了,想在处理完婚恋之后,重新跟御千代破镜重圆。不用说,在我跟御千代感情处于白热化的时候,谷崎这一思想的转变,不论对我还是对御千代，都是相当悲哀的事情。尽管如此，我考虑到，本来我祈愿御千代幸福才充当他们夫妇的斡旋人的，而且，御千代一想到孩子和丈夫的心愿，就一定会悲痛欲绝地放弃对我的感情。因此，我一方面鼓励御千代回到丈夫身边，一方面也鼓励自己，从其漩涡中挣脱出来。这是在御千代二十五岁那年秋天到第二年的春天、我二十九岁到三十岁那一期间发生的事情。想起来，今年是第十个年头了。那时才六岁的鲇子，今天已快成大人了，对这事也能有个大致的理解了。我不能不更深切地感到人生的须臾。

不管怎么说，十年前，我跟御千代谈过恋爱，但跟那种恋爱并不相似。御千代的纯真感情和她对贞操的秉性，使我学到了比一般爱更可贵的东西。那期间，只要有那个愿望，那种机会随时会有。但是，我跟御千代的爱始终是精神上的，没有越雷池一步。从那时情况来说，我跟御千代不论结成一种什么关系，谷崎都是没有任何理由发牢骚的。如果当时有了那种关系，我也许就不会对御千代那样恋恋不舍了。御千代有时也对我说，她对我也怀有同样的心情。

我对御千代既不恨也不怨，而是越来越尊敬、越爱慕。虽然对谷崎多少有点不满，但还是退让了。在其后的六年间，我一半是出自对谷崎的不满，一半是出自接近御千代感到危险，而疏远了谷崎夫妇。在我的心中，是深切地祈愿他们幸福，也深信他们幸福。

这样，在这一期间，我便跟多美子结了婚。随着岁月的流逝，留在我记忆中的，只是纯洁美丽的友情。对谷崎的友情，我重新又感觉到了，并胜似从前。多美子体察出我的这一心情，就利用她知道谷崎正好由大阪来东京这一机会(正是我对多美子感到失望、自暴自弃、多美子也为此十分担心的时期)，考虑让我见见谷崎。这样，六年来断绝了的友情又自然而然地、原样地、很快地恢复了。使我跟谷崎恢复友情的中介人，实际上就是多美子。

我们夫妇在会见谷崎时，决定半年后的春天去京阪会见谷崎夫妇。今天考虑起来，多美子让我见御千代也多少感到不安。然而，这又不便言明，所以，令人感到，她好像是昏了头似的，与我想到了一块。谷崎对于他们夫妇间的事，这次见面，竟一句话也不说。所以，始终相信他们夫妇打那以后会相处得很好的我，对要见御千代一事丝毫也不感到不安。心中只是在为半年后春天(尽管会有地震灾害等)，还能见到想再次见我的御千代而高兴，觉得自己就像小说中的人物似的。

我从自然的感情上退了一步，再次开始与御千代交往。我丝毫也不是对谷崎有所顾虑，毋宁说是出自对御千代的考虑。一天，谷崎问我对御千代的感情，我回答说："我对她的那种感情，已完全变成了一种哥哥对妹妹的爱。"

这就是我跟御千代的恋爱史。

四

我把谷崎找我商量的情况，不夹杂个人感情、原话传达给了御千代。这次谈话也不是一本正经，因为我跟她总是那样无话不谈。所以，就是在这种场合下也不感到有什么不自然。从听者御千代来看，也是如此。对谷崎现在还在考虑离婚、让她跟我结婚一事，似乎表现出不满意的样子。那天晚上，谷崎的弟弟也在场，一直谈到深夜。这种现象对我和御千代来说，并不稀奇。

谷崎也亲自对御千代谈了。御千代听完了谷崎的一番道理后，说让她好好想想。然而，在考虑了几天之后，她却拒绝了谷崎的意见。作为理由，她提出了以下几点：第一，都已经是十六年的夫妻了，不想轻易离婚、结婚；第二，我的心里充满了对她的友爱，如果使之改变，跟她结成夫妇，处得好倒好，万一处不好，那么，过去的那种友爱甚至会丧失，再也不可挽回了；第三，感到对多美子和其他有关的人不义。由此可见，御千代现在是不希望有世俗夫妇那样的幸福。她只是想，只要能照顾晚年时的谷崎，看着女儿长大，或读读书什么的，从中得到点乐趣，就可以度过此生。(哪怕一天一个小时也好，想跟丈夫谷崎在一起谈谈心——她的这一希望就是在这个时期提出来的。)

女人似乎就是这样悲哀。我爱的正是御千代那种执着的妇道精神。我并不认为她说的话没有道理。她的那种想法，我认为是她的又一个美德。我鼓励她，也批判了自己。当晚，我宿在大阪。第二天，便早早地乘上了回东京的火车。

在车上，我反复思考着御千代和谷崎的话，渐渐感到，自己不够火候的爱情，反而使御千代陷入不幸。御千代一片好心反使谷崎感到厌烦，御千代有着这样注定不幸的命运，她责备谷崎也是不得已的。我从这些烦恼的思虑中认识到了：只要自己态度鲜明，意志坚定，说服御千代，让她懂得这对三人都是一条幸福之路的话，那么，她是会同意跟我结婚的。

从我这方面看，现在就是娶了一个不了解的女人为妻，是否能过上满意的生活，也无把握。如果不满意，也就会渐渐地失去自信。这样一来，自己的文学生涯，最终也会葬送。我反复自问自答："我是否可以这样每天以酒为伴，喝得醉醺醺地了此一生呢？""不！还是放弃那种浪漫的思想吧！"但最后，我到底应当如何对待谷崎的意见，又不清楚了。于是，我想到了御千代的家住前桥的一个哥哥，决定跟他商量。他过去一直担心谷崎和御千代的事，经常到我这儿来，或写信给我。

五

御千代的哥哥在见到我的信后，马上来到东京。我信中没有提有什么事儿。一见到他，我就把一切向他说了。他是一个四十岁的市井商人,没有受过什么特别高的教育,但能够认真听别人意见,也具有很快领悟、理解的素质,是一个通达事理的人。我在谷崎和御千代之间所充当的角色他也清楚。我想知道,如果我最后下定了决心,说服御千代跟我结婚,作为御千代的亲属们是否会有不满。这一点,已得到他的首肯。他说:"随你的心,无妨。"便回去了。但第二天早晨,他又来到了我的家,对我说:"昨天,我只是说没有什么不满,态度消极。经过一个晚上的考虑,今天早晨来,是想积极地要你下定决心跟御千代结婚。"

在给御千代的哥哥写信的同时,我也给御千代写了一封信,信上注明"希望跟谷崎一起读"的字样。十年前,我给她写过两三次信,之后这是第一次。她给我回了信,大都是转述谷崎的话。最后有一句"总而言之,希马上来大阪"的话。这封回信正好在御千代的哥哥和我见面时收到的,也就把这封信让他看了。这样,我当场决定再次去大阪。他在本月二十日左右有事也去大阪,所以,约定在谷崎家会面,我记得那是七月十三日的早晨,我再次来到了谷崎的家。

据谷崎说,我回东京后写给御千代的信,似乎使御千代的思想波动很大。谷崎按我的希望,把我的心情讲给了御千代听。对于我要求她考虑一事,她说要好好考虑考虑。第二天,我回到了纪州老家,在父母跟前待了一周。其间,也想把跟御千代的事告诉父母,但在没有得到御千代的同意之前,我认为说了不妥。而且,谷崎事先有言,说御千代答应后,为不发生误会,他亲自对我双亲说。因此,在老家期间,我对父母什么也没有说。

二十日晚上,我来到谷崎家。正好御千代的哥哥也在。他是那天早晨来的。他跟御千代谈了,又明确无误地了解了谷崎的意思。这样,大概在二十三日那天吧,御千代终于下定了万事由谷崎和哥哥安排的决心。

御千代的婆母,八十三岁了。虽说高龄,但头脑十分清楚。她听完了御千代的哥哥所介绍的前后情况后,大约过了十分或十五分钟的时间,把我叫到了跟前,向我明确表态:同意。谷崎的弟妹们,虽然因要跟御千代惜别而流出了悲伤的眼泪,但对我却没有一个表现出不满的脸色来。谷崎和御千代的孩子鲇子,在听完父亲说的情况后,脸色很悲伤,但也点头了,并努力向我表示亲热之情。我感到幸福。感谢所有的人对我的理解和盛情。这天晚上,我跟御千代的哥哥并枕而卧,一直谈到深夜,都流下了说不上感谢谁的眼泪。御千代的哥哥对谷崎很钦佩,说今天更了解谷崎了。

在御千代答应跟我结婚后,谷崎和我都给我父母写了信。八月四日,谷崎、我、御千代三人一起渡海去了纪州。我的父母对于我的决定没有指责,只是让我不管是对是错都要对其决定负责。关于我的这桩婚事,一开始就得到了他们的同意。但从实际情况来看,与其说是同意,不如说是为我这桩亲事而高兴。这实在难得。据说，谷崎对我父母说："请把御千代作为我的妹妹，让春夫娶她为妻吧。"我老家的生活情况似乎很合谷崎的心意。御千代曾开玩笑地说："在这个家里，混得最差的就只有长子。"这个长子是指的我。

因工作忙，谷崎在纪州只住了一宿就回去了。我和御千代在谷崎走后又住了两宿。

在父亲家，我和御千代的结婚才成为名副其实。

我和御千代的结合，受到了社会上各种议论。但是，认真仔细地深思一下，我们并不感到有丝毫的内疚。当我们看到社会上竟有以深深怀疑的目光看着我们、对我们说三道四、呈一副道德家面孔、不了解人间生活的伪善者存在的时候，再看到周围的人，不论老少，都对我们怀有崇高情操时，更加深了感激之情。面对着不理解我们的社会和周围人的温暖情怀，我和御千代，不论对哪方面，都越来越意识到自己责任的重大。

作为对这一切的回报，我们只知道必须使我们这一对历经波折的夫妇，生活更加美满幸福。我相信，世人如果了解了谷崎和御千代、我，或者就是其中的一个人的思想感情的历程的话，也一定会跟我周围的人一样，理解我这一表白的。

正好就在我写这篇文章的期间，收到了谷崎的一封来信，其中有这样一段文字。虽未征求本人意见，但在此引用也无妨吧。

……来看我的客人络绎不绝。关西的知己者颇多。他们都能公平地看待。但从来自东京和其他地区的慰问信中来看,不理解的同情者居多,很糟糕。我感到御千代很可怜。我也很伤感。打了电报,但是,现在放心了。

最近,我在想,为了使他们能够正确理解你们,以我个人的名义,发表第二次声明。这,等你来我这里商定。总之,那种不当的同情是令人甚为不快的。(以下略)

要做一件即使自己认为合理却违背习俗的事,只能惹世俗不快。对谷崎的情意,我很高兴,但觉得用不着再发表什么声明了。现在,我最关心的是:别让太受折磨会受不了的御千代因此而一蹶不振。

多美子托人给我传话,说要我这次可要好好生活,说跟御千代会处得很好吧。我不能不对她再次怀有感谢之意。谈不上作为回报——我也衷心地祝愿多美子幸福,并深切地祝愿有缘那样慕恋着我的美代子平平安安地长大,企盼着她长大后与我再见的日子早日到来。眼泪模糊了我的眼睛。就此搁笔。

迟军　译

初夜

〔日本〕西条八十

老妻是六月一日去世的，说来奇巧，这天正是我们结婚四十四周年纪念。

我一边忙着处理后事，一边想起很久以前大正初期的那一天。

那是个穷苦的年代。东京牛込神乐坂横街一家饭馆的楼上，只聚集了十来个人，用了极短的时间。这就是我们唯一的结婚仪式，也就是婚礼了。新郎二十五岁，新娘二十一岁。

那时候的详细情景，我怎么也想不起来了。只记得那天傍晚，我登上坡顶时，看见史密斯的飞机在空中翻着个儿。史密斯是第一个访问日本的年轻的美国航空兵，他在天上不停翻着跟斗的表演,使得当时的东京市民大为惊奇。

放荡的长兄将亡父的遗产挥霍一空,我领着老母和幼小的弟妹另立门户,那时我刚刚大学毕业,正值走投无路的时候。结婚之于我,不是人生的浪漫曲,完全是生计的需要。不用说,当然没有钱去做新婚旅行。

婚礼结束,我们二人立刻回到自己的家。房子很宽阔,这是为迎娶新娘赶筑起来的。每个房间都没有家具财产,显得既空旷,又冷清。

我看看打扮得花枝招展的新娘,又看看我的这个家,心里一阵难过。不久,我们上床度过这新婚第一夜。

我俩不好意思地对望了一下,就在这一瞬间,我想起了爱尔兰诗人叶芝,想起了过去读过的那首诗:一个年轻的穷诗人,在迎接恋人的良宵,没有任何东西款待她。于是,在自己空想的梦境里,用金银线绣出一块美丽的地毯铺在地上,让新娘娇小的双脚踏着地毯向他走来。

我对妻子说:

"我们的结婚是寂寞的,今夜就和衣安歇吧。"

妻子温驯地点了点头。于是,我穿着黑纹礼服,妻子穿着华丽的嫁衣,度过了这难忘的夜晚。

假如我还能回到青年时代,假如我还有再次结婚的机会,我依然想这样度过我的新婚第一夜。

华烛丽服之中应该糅进这一甘美的追忆。然而,如果将

这一美好的回忆藏之箧底,不为外人道,那也是毫无意义的事。

陈德文　译

美好的分别

〔日本〕渡边淳一

分别一事，会有“美好的分别”这一说法吗？我自己经历过分别，也看到过和听到过别人的分别，但我却不知道所谓“美好的分别”是什么。

“美好的分别”果真是真正的分别吗？

分别一事，会是那般美丽、漂亮吗？

当我自己问自己的时候，脑海里浮现出从前和那个女人的分别。

那个女人的名字，姑且称K子。

还是刚当上医生的时候，我喜欢上了K子。

单位离得很近，相处一年之后，发生了肉体关系。我也曾在她的公寓里住过。

到这时候，与其说喜欢，不如用“爱”这个字更确当。

不，即使用“爱”这个字还不足以表达。

也许可以这样说：男女交往已经达到了走火入魔的地步。

我还是同这位K子分手了。

至于分别的理由，这里不想提及。有着各自的原由，再加上争强好胜的性格。

她对我有留恋，我对她更有留恋。在分手的那一瞬间来说，她感到如释重负。

然而，这是分别在成为既定事实之后的事，而在那之前，两人互相痛恨，不堪其苦。

青春时代异乎寻常的大胆与倦怠，使分手更加复杂化了。

总之，在这里再说一通为何分手的原因也无济于事了。

事情对于当事人来说感触深刻，然而对于第三者倒无所谓，而且，旧事重提，也觉得无聊。

爱的羁绊只关系着当事者本人，不应该对其他人解说。

而且申述分手的理由，也不是这篇文章的目的。

问题在于“分手”本身。

总之，我们为此而分手了，因为我们认为这对于双方都是最好的乐于接受的方案。

不过，心中打定了主意，实际做起来没有这么干脆。

“分手”只是一种决心，我并没有全部接受下来。

夸张点说，思想上接受了，身体上还未能接受下来。

一个时期，我感到自己心里有两个自我。

一个想同K子分手的自己，一个不想分手的自己，这两个自己经常打架。两种对立的感情在内心翻来覆去。

两个人决心分手之后，又见了好几次面。

第一次是十月末，北国的秋天已经接近尾声。

我穿着藏青的上装，她身上穿着白色带有便帽的风衣。

当晚，我们先在常去的咖啡馆相会，接着又去大街上的餐馆。

名字叫“斯克特”，是札幌比较高级的餐馆。

在这里，我们打算吃一顿饭后就从此分手。

事实上，在这之前，我们相约分手时决定一起最后吃上一次饭。

那时我没有工资，两人吃喝以后各人付各人的。

不过，这天晚上由我请客。

两人共有的最后的晚餐，我请她，是为了感谢她三年多来对我的好意。

当时，我点了同自己的身份很不相称的洋食套餐，糊里糊涂要了葡萄酒。

侍者向酒杯里斟满了酒，我们举起玻璃杯互相干杯。

不好意思说什么“再见”，只能道一声“珍重”。

我们吃饭时，只谈了一些工作方面以及天气变冷的话。

数日前，西边的手稻山上，已经下了第一场雪。

我们谈话的时候，两个人都显得格外的冷静，在外人看来，也许是一对情侣共进晚餐呢。

我忽然想到，两个人可以如此淡淡地分手的。

我们两个人的态度稍稍变得奇怪起来，是在吃完饭喝完一杯葡萄酒的时候。

不会喝酒的她眼圈儿红红的，我也有些激动了。

吃罢西餐，我们站起身来。

起初打算，一离开餐馆就各奔东西，这样，她也答应了。

可是，外头刮着冷风。刹那间，我觉得就这么分手显得有些冷酷。

这不光是为了她，我自己也甚感寂寞。

"再找一家酒馆喝点什么吧？"

我说完，她也乖乖地点点头。

走在枯叶飘舞的马路上，我自我安慰着：再去一家酒馆，是因为风很冷，并非不愿意分手。

本该分手的女人，总找出理由呆在一起，借口什么外头风冷之类，也许显得卑怯了些，但当时我确实是这么想的。

到了另一家酒馆，喝着喝着，我逐渐变得心情平和了。

我产生了某种错觉，仿佛今晚不是最后的相见，今后还会在一起。因此悲怆的情绪十分淡薄。

我们为何必须分手呢？我甚至怀疑起分手的缘由来了。

她似乎也有同感。

她醉了，不知不觉依偎在我的肩头上。

走出第二家酒馆，已经十点钟了。

风依旧寒冷，一接触这北风，我想起来了，正是为了分手今晚才相会的啊。

我们在行人稀少的小巷里并肩走着，到了大街，叫了一辆出租车。

“我送送你。”

K子看了看我的脸，点了点头。

从市区到她的公寓，乘车只需十五六分钟。

沿着广阔的马路向左转，到了药店再向右拐进去就是她的家。到了那里，我就得永远离去了。

车子一旦停下，就男子汉般地断然离去。

我想着想着，车子已经到达她的公寓前边，我完全又是另一番心情了。

“可以坐一会儿吗？”

“你也下车吗？”

我点点头，立即付了车钱，跟在她后头。

我走进K子的房间。

打开门，里头又黑又冷，窗边桌子上的东西，在黑暗中看得模模糊糊。

我想，要是K子一个人回到这种地方多么可怜，我还是应该跟她一起来啊。

“喝点咖啡还是喝茶？”

“来点茶。”

我们又像以往一样在小桌旁相向而坐。

八铺席大带有厨房的房间里，点上煤气炉，温暖充满了整个屋子。

在炉火的映照下，我看着她那潮红而又晃动着的面颜，说了声：“只留今天一个晚上。”

当晚，我住在她的公寓里，翌日急急忙忙赶往医院。

二

我们的分手总是这么难以了断。

有时下大决心，今日就算最后一面吧，然而一不在意，两个人又贴到一起了。

如果你认为我不像个男子汉，有些女人气，我也无法辩解。

连我自己都对自己失去了信心。

她也和我一样。

“今天就当成最后一面吧。”虽然嘴上这样说，但还是接受了我。

当然，最后都是我请求她，所以她从来没有主动要求过我。

平时，向现实提出要求的总是我。

可是，这并不等于说她就没有责任。

尽管流于环境的影响，她在某种程度上，还是可以接受我。

“就只今天一次了。”两人虽然这样想着，但使心情更加躁动起来。

从此同这个人也许再不会见面了，这么一想，情感进一步火炽了。

这好像烈火将要燃尽的瞬间发出的鲜艳的光焰。

下次再不见面，这是最后一次。虽然都这么想，我们还是一遍又一遍相会。

这就好比为了求得更加激烈的爱情，要利用分别来达到目的一样。

但是，这种状态不会永远持续下去。

她离我而去的日子一天天临近了。我也受到了周围人的提醒。

有人说，同没有可能结合的女性频频相会是一种罪恶，也有人说，如果你想使她幸福，就干脆离开她。

这些我都明白。

虽然一清二楚，但却不能这么做。

这也许是人生的一种罪孽。

不久进入了十二月。她离去的日子迫在眉睫。

我忽然觉得两个人不能在夜晚相会，夜里意志衰萎，不容易分手。

大白天，在嵌着明亮玻璃的咖啡馆相会，也许可以果断分手。

白天，经过寻常的交谈，然后说一声“再见”走出店门。这样既无留恋，又显得干脆利落。

星期天下午，我们在一家透过玻璃窗可以看到马路的咖啡馆相见。

平凡的会话之后，说了声“再见”，拿着账单站了起来。

来到店外的太阳光下，两人又自然走着同一的方向了。

不说到哪儿去，也不相约一起走。

只是脚步并着脚步一同走着。

这与其说是我的意志，不如说是身体的自然运动更准确。不是我，是另一个自己在走路。

既然不想分手，偏偏硬要分手，同样不是罪恶吗?我在考虑这个道理。

事情反反复复，一直到十二月半。

日子真正临近了。

年末二十八日，K子回故乡，决定不再到札幌来了。

就在前一天，我们又见了一面。

而且终于发生了一次激烈的争吵。

我说“终于”，是因为从前就有这个苗头。

见了面，在那突然沉默的瞬间，我们双方都明白在互相憎恨。

谁也没有明言，大家都把话埋在心底。

一方面是互相爱着，一方面又不得不分手，由此产生的怨忿和烦恼便是争吵的原因。

不过，现在回头看看，也是没办法的事，这是两人经过充分考虑后得出的结论。

表面上看，这是可以理解的。

但是内心依然不能接受，总隐藏着一种不快。

现在想想，两个人也许都打算比实际所做的更加彻底地摆脱掉对方。

既然相爱，又不能在一起。既然怀有不满，表面上又净想着美好的分手。

“如果非要分手不行，那就彻底些。”我们陶醉于这句话里。

其实，这里头也有苦恼。

到了年关，这苦恼一下子表现出来了。

当时的争吵，现在已经想不起来了，但那情景还清楚地记得，但我现在不想说。

可能是我责备她缺少忍耐，而她却责备我太自私自利。

吵着吵着，我吼道："如果你急着要结婚，那就找个人吧。"她回敬我说："你太卑鄙。"

现在想想，各有各的理由，各人都很逞强。

但是，当时两个人都失掉了冷静。

只是一味埋怨责备对方。

最后，我大叫："我巴不得马上同你分手。""我也一样。"听到她这话，我一下子跑了出来。

已经是十二月末尾，大街上一片深雪。

我带着几分醉意和凄苦，沿着积雪的道路踉跄地走着，一边走一边叫骂："混账，傻瓜！"

"这号女人，活该受苦，落个不幸！"我不住嘀咕。

然而，这也是我还挚爱着她的明证。

我一边叫骂，诅咒，一边簌簌流着眼泪。

这是一种怎样的泪水呢？

是同她论战中失败后的悔恨，还是想分手又割舍不得的懊恼？抑或无法将她控制到最后的无奈？

似乎都是，似乎又都不是。

那天晚上，我在外面又喝了个烂醉。

醉得睁不开眼睛，呕吐，上了床，不一会儿又醒了，近午的阳光照射着窗户。

我连忙给她的公寓打了电话，然而，她一大早就踏上了归乡之途。

已经是十二月三十日，眼前一片银白的世界，我只能徒然呼唤着她的名字。

三

我并不认为世上没有美好的分别。分别是美丽的，甘甜的。

不过，我认为那是经年累月由回忆而产生的感伤，同分别本身的实际情况不大一样。

岁月，将一切都美化了，它像魔术师一般巧妙，鲜明。

年老的人都把自己的青春时代称为古雅而美好的时代。

八十多岁的人经过大正，六十多岁的人经过昭和初期，四十多岁的人经过那场大战，接着又度过黑暗的年代，但他们一律都说成是个好时代。

这些都是透视往昔的面纱获得的感伤，并非从当时某个年代看问题。

这些都是回顾已逝青春产生的乡愁，从这种意义上说，是一种单方面的自我陶醉。

所以，当一些人热情讲解他们的青春时代如何美好的时候，在另外几代人中丝毫没有什么共鸣。

说得冷酷一些，这只能是自我陶醉。

恋人的离别与此相近。

咖啡。附近女子大学的网球队员，雨天也停止练习，这一天，她们也高高兴兴加入我们一伙，来这里喝橘汁和吃冰淇淋。个个心里都有位意中人儿，又碰到从早下到晚的雨天，大家都把上课的事儿丢到脑后去了，整天价泡在咖啡馆里。只有这样的雨天，我们才能摆脱没完没了的练球的追迫，获得快乐和轻松。只有这一天，我们才能同普通大学生一样，听听音乐，嗅嗅女孩子身上甘美的芳香。

这帮女大的球员里，有一位姑娘，我们称她“雨美人”。

平时在球场上，这姑娘的形象并不怎么惹人注目，可是在这雨日午后的咖啡馆里，她却显得那般温雅娴静，比其他伙伴儿都具有魅力。

这究竟为什么？她成了我们议论的对象，但始终得不出结论。

有的说，这是湿润的空气和适度的黯淡赋予那张素朴的脸型一种起伏感的缘故。有的说，雨伞的支撑和雨衣的穿着恰到好处。可我们面前的这位是身在咖啡馆内，她既没有打伞，也没有穿雨衣啊。她确实是个不起眼的普通女子，可是，从艰苦的球场上解放出来的大学生们，在他们心目中，这位姑娘优雅恬静的举止也许特别动人吧。

我躺在医院的病床上，望着潇潇而降的阴沉的雨雾，想起那灿烂的阳光和晴雨两用的网球场，还有那沉甸甸的球拍子，我深深怀念那盼望已久的雨日早晨的欢欣，还有那位女大的网球选手——“雨美人”。于是心中盘算着：我不能就这么躺着，我必须打起精神，战胜病痛，把身子养得棒棒的。

如今，我有时还会想起那位“雨美人”，她现在怎么样了呢？我没说她实际上就是我现在的妻子。我可没有那样的福气啊。

陈德文　译

我的异国情缘

〔埃及〕塔哈·侯赛因

那是在 1915 年 5 月 12 日的蒙彼利埃城，时间是晚上 6 点到 7 点之间，正是一场大风停息，另一场大风即将刮起的相对平静时刻。在法国南部的一些城市，当春天将尽夏天的征候开始出现时，这种大风就会刮起来。傍晚时分，浓云密布，接着就是电闪雷鸣，顷刻下起瓢泼大雨。不久云散雨停，空气清新，万籁俱寂，人们议论着这场狂风暴雨，准备着迎接另一场暴雨狂风。

就在这个时候，在两场暴风雨之间，我的房门敲响了。我一直在等待这敲门声，唯恐这暴风雨会破坏我的期待。门开了，一位姑娘在她母亲的陪伴下走了进来。她害羞地打了招呼，我也不好意思地问好。接着我们开始进入我们事先已商定好的话题。

我们这次谈话并不长,也不东拉西扯,漫无边际,然而过于拘谨。我是这位姑娘见到过的第一个外国人,而她是我访问的第一个姑娘，对我们来说这场谈话很难变得顺畅自由，更不用说变换主题了。不过,无论如何这是一次有下文的谈话。我们读着真主想让我们读的文学、哲学和历史,我们心里充满欢欣和希望。如果我对读者说,在这晚睡了一个好觉,既平静又快乐,那我是说谎;如果我对读者说,我把这一天当成了我每一年都庆祝的节日,不管处于什么境地,也不管遇到什么困难,我都将如此,那我是说出了心里话。我们的约会整整两个月中一直不断,都是在每天晚上。我们阅读17世纪法国文学,我们常常交谈。我不知道这两件事中哪一件我更喜欢,在我心中占有更重要的位置:是阅读,还是谈话。

这两个月刚刚过完,这位姑娘和我之间就产生了一种纯粹精神上的友谊。这一友情的支柱是对我们能够一起阅读的热爱,是对她为我讲解并指出其精美之处的文学的热爱。

夏天把她带到法国人避暑的高山和海滨,留下我在这个城市里,和另外一位姑娘一起读法国文学。但是我听到的不是这位姑娘的阅读的声音,而是我的女友的声音。我和女友之间还有书信往来,不曾中断。我常常记下我在阅读时遇到的问题以便向她请教,只有得到她的回答我才高兴。

尔后，真主想让我带着失望返回埃及而让她去了巴黎。

不过我们之间还有来往书信联系着。我在开罗陌生地——确切地说在我的家人和开罗的朋友们中间度过了三个月时光。我的忧愁和失望在这段时间我写的文章和作品中显出了影响。

不久，我又获得了返回法国的机会。这次我把蒙彼利埃换成了巴黎，因为索朋大学在巴黎，也因为苏珊在巴黎。

只有真主知道我抵达那不勒斯城时心里有多高兴。我在那儿收到她两封信。我的旅伴艾哈迈德·戴福博士一遍、两遍、三遍地为我读着这两封信，直到他读烦了，不愿把他预计在那不勒斯逗留的时间全花在给我读信上。他把信塞回到我手里，强迫我出去逛街。

我终于来到了巴黎，见到了我的女友。真主可鉴，在这次相聚之后，我们再没有分开过，除非是在不情愿的情况下。于是我们早上也会面，晚上也聚首。我们在她母亲和姐姐的陪伴下共同度过夜晚的一些时光，因为我把住处选在了他们家。我们经常去上课，只有上课时间才能把我们分开。从1916年到1917年末，这两年中我们在课间见过多少次啊！那时我的女友是我的老师，在她的帮助下我尽可能学习法语，精通了法语文学，学习了拉丁语，得以完成该科的学士考试，和她一起学习了希腊语，使我们能一起读柏拉图的某些遗产。但是1916年的几个月，并不是在我和我的女朋友之间，而是在学生和老师之间、朋友和朋友之间度过的。没有多久，爱情就循着它的路径来到我的心间。我不认为你想让我为你描绘在我心中激起这爱的那种感情，描写那让我减少了睡眠，失去了安宁，丢弃了课业的种种因由，是吧？

我常常听到她的声音，那是她在为我读或跟我读。我迷恋着这声音，因为它给我带来了情调，也因为这情调所表达的意义。如果此时此刻有人问我听到了什么或感悟到了什么，那我只能说，我听到了最甜美的音乐。如果有人问我从这甜美的音乐悟到了什么，那我只能这样回答：我爱这音乐的本源。然而没有一个人问我，我也就无须回答了。我只是问自己，自问自答。我为我找到幸福而欢欣鼓舞，我不在乎丢掉了时间和功课。接下来这爱情无论如何要宣布它自己，但它遇到的回音仅仅是体谅和同情。爱情是不会厌倦的，它不懂得降温，也不怕失败，而是更强烈更执着了，以致坚持于这爱情的人不获胜利就会垮掉。我的爱情坚持不懈、愈演愈烈，我的女友被迫让我们分开，她去南方消夏，把我丢在巴黎。

啊，我在巴黎度过的那几个星期，不知道什么叫快乐，什么叫安逸！也不懂什么是安全，什么是平静！虽然如此，我们还是有书信来往，最后我收到她的一封信，叫我去她住的那个地方找她。这就是同意，这就是胜利啊！这是生活的一章的结束，另一章的开始。法国南方勃朗斯山坡上的这个乡村对我来说实在太可爱了！在那里，一天晚上，宣布了我们订婚的消息，而第二天早上，我们就开始一起学习伊本·赫尔东的《历史绪论》，一起准备为博士考试将提交的论文了。

我俩作为已经订婚的一对友人，度过了整整一年。我们学习文学、哲学、历史和拉丁文。我们还不能考虑结婚，因为还没征得大学的同意。当时无法向大学提出那样的要求。不提出要求，就是向大学表明，我肯定不会在玩乐嬉戏中虚掷在巴黎的时光。真主可证，我没有玩乐嬉戏，没有虚度日月！真主可证，我不知道在自己的全部人生岁月中，有哪一段时光能像我在巴黎和在法国南部的这两年这样充实，充满勤奋，充满纯洁。

什么样的刻苦努力能比得上这样的刻苦努力啊！——它让一对未婚夫妇早上一起来就赶紧会合，去读康德的哲学，或沉溺于古希腊、罗马的历史中，抑或沉潜于塔西佗、泰特利福和希罗多德的遗产中。尽管如此，我就是这样和我的女友度过了两年光阴。我们曾到巴黎郊外野游，曾在一些森林间漫步，当来到一处空地时，我们就挑选一个最美的适于一对爱人甜言蜜语的地方，坐下来谈论我们的理想和希望。尔后我们又打开书——那些书离爱情和那意境实在太远了——又幸福地沉湎其中。1917 年，我们获得了学士学位——我也得以向大学提出结婚申请。大学批准了，因为我已经是留学生中第一位获得文学学士的人。1917 年 8 月 9 日，将近中午时分，真主完成了对我的恩赐，让我从苏珊那里就像在我的有些书的显要处所说的——得到了“光明——在黑暗之后；温情——在孤独之后；幸福——在苦难之后……”

伊宏 译

一张震撼人心的便条

〔利比亚〕穆罕默德·扎维

我是一位没有留下地址和电话号码的加拿大女郎的情人。

一天早晨，这位女郎从开罗希尔顿饭店离我而去，她没有留下地址和电话号码，但给我留下一张小纸条，她用娟秀的字体在上面写道：

从你的身上，我发现了利比亚人的优秀。我爱名叫"利比亚"的祖国。然而，离别是我们必须耐心越过的人生旅途的车站。或许有一天，我们将重逢，也许我们将相会在利比亚。

这是一张震撼人心的纸条。

她的话，照亮了我的心灵深处，使我感受到从未体验过的传奇般的快乐。她的意味深长的话使我的精神涌出自豪的清泉。她的亲切的语言，让我觉得人世间充满了友谊和爱情。

这是第一位以独特的方式震撼我的心灵的女子。

她没有炫耀她那超群的美丽，她没有运用她那女性的武器，她没有袒露她的丰乳和修长的大腿。

但是，她留下一张为我构成一个快乐、自豪，还有点得意的世界的小纸条。

我是一位没有留下地址和电话号码的加拿大女郎的情人。

我曾结识许多女人，一个女人又一个女人。这一位讨厌我，我又烦那一位。彼此萍水相逢，不过是逢场作戏而已。

我们有时连姓名也不互相通报。

我们有时告诉对方的是假名字。

我们胡编乱造地址与电话号码。

我们互相欺骗。

我们嘲弄对方。

我知道她们是骗子。

她们知道我是骗子。

然而，我们犹如露水夫妻，亲热地相偎依，恣意享受"游戏人生"。当启程的时刻到了，我们那漏洞百出的记忆露出破绽……我们又准备演下一场游戏。

临时的互娱关系,来得快,散得快。对我来说,唯一的、可靠的、持久的关系是与一名利比亚女子建立的夫妻关系。她耐心期待而无怨言,她倾心思念而无懊悔。

泪水如雨的利比亚女子,盼望着夜鸟归巢,但愿她的亲爱的鸟能善解人意。

在冬夜里,利比亚妇女带着孩子围坐在火炉旁,她对他们讲述出门人的故事,或许他将在第二天早晨敲响家门,带回礼物和盛情。

第二天早晨尽管他没有回来,但她将继续讲故事,她每天晚上进行构思,她设想自己补充的新情节,将带回出远门的心上人。

我是一位没有留下地址和电话号码的加拿大女郎的情人。

但是这次与以前截然不同。

倘若没有这张写有妙语的小纸条,这次邂逅也许是转瞬即逝的临时关系。

我先前在旅途中结识的女伴,无外乎出于好奇心与性爱,或为了消遣与解闷,而“祖国”这个字眼还不曾进入我和女伴交谈的话题。

女人们并不关心我属于哪个国家,而我也不在乎她来自哪个国家。

时间和情况不允许萍水相逢的旅伴着重介绍自己的祖国。可是，这位加拿大女郎超凡脱俗，大出我意料之外，喊出了“祖国”这个字眼。

哎！在祖国面前，我是多么渺小！

虽然我生来热爱祖国，但我只是它的一个普通的儿子。

难道这位加拿大女郎看透了我的心思，觉察出祖国在我心中，于是，她决定由此勾住我的魂？

难道我在梦话中说出了对祖国的思念，她想借此加深我的思念？

难道她悄悄地打开了我的笔记本，从中读到我在悲欢时刻对祖国母亲倾吐的心曲和衷肠？

难道她在我的眼波中荡舟，从而发现远方有一个杰出的、伟大的祖国。她写这张纸条是为了肯定这个发现？

她没有给我了解真相的机会，只留给我这张震撼人心的小纸条。

我有一位邻居，他的外国妻子对他说：“我爱你直到永远，但我不爱你的祖国，我不能在那里生活。”

他与她分道扬镳，家庭破裂了，两个像皓月一样美丽的儿子也各奔东西。

但是，这位女郎没有对我说“我爱你”，却对我说，“我爱你的祖国”。

这位非常美丽可爱的加拿大女郎，属于有自己的哲学、价值观和利益的西方世界,却真心实意地对我说:"我爱你的祖国。"

她爱它,不是因为它有浩瀚的油海;

她爱它,不是因为它有温暖的、光照四方的太阳;

她爱它,不是因为它有一望无际的大沙漠;

她爱它,不是因为它的国土上充满沙漠之舟——骆驼。

她爱它,是因为它是塑造男子汉的国家。

在我多次的国际旅行中,我常常受到这样的责难:

你的祖国很落后;

你的祖国干燥、严酷;

你的祖国给世界添麻烦;

你的祖国与沙漠、帐篷联系在一起。

我与这些信口开河、出言不逊的人辩论,我们争得面红耳赤。我力图向他们表明,我的祖国是一个友好、公正、进步的国家。可是,在大多数情况下,他们不相信或不以为然,因为他们的脑袋里塞满了偏见,已无法装进真实的新事物。

然而,这位加拿大女郎却能够毅然冲破西方世界为自己的利益而设置的樊篱,喷发出诚挚的爱的清泉。就是这位非常美丽可爱的女郎,手握高雅的笔管,在纸上直抒胸臆:"我爱名叫'利比亚'的祖国。"

哎,我在祖国的名字面前显得多么渺小啊!

唉,我是一位没有留下地址和电话号码的加拿大女郎的情人。

假如我是一只鸟……

假如我是一片云……

假如我是一个浪……

假如我是一阵风……

而我是一个爱国的人，已成家立业，我的利比亚妻子正搂着孩子盼望夜鸟归巢，或许她的心爱的鸟不甘旅途的寂寞，曾落入另一个温暖的窝。

我接触过数十位女人，我还将结识另外一些女人，但我的心里只惦记着两位女人：

一位耐心期待而无怨言、倾心思念而无懊悔的利比亚女人；一位在早晨离我而去却没有留下她的住址和电话号码的加拿大女郎，但她留给我一张小纸条，上面写着："我爱名叫'利比亚'的祖国。"

李荣建　译

与荒诞结婚

〔美国〕琼·迪迪昂

要是在内华达州克拉克县的拉斯维加斯举行婚礼，新娘必须发誓自己已十八岁，或已得到父母的允许，而新郎则必须发誓自己已二十一岁，或已得到父母的赞同。另外，还得有人付上五元钱买一张结婚证书（在星期天或度假日则要十五元。除了中午十二点到一点、晚上八点到九点以及清晨四点到五点以外，克拉克县府办公楼每天任何时候都办结婚证书)。除此之外再也不需要什么了。在美国的这些州中，内华达既不需要婚前血液检查，也不需要在签发结婚证书之前或之后让你等候一段时间。人们从洛杉矶出发，驶过莫哈韦沙漠，甚至在拉斯维加斯的灯光像海市蜃楼一般出现在地平线上之前，就能隐隐约约见到在远处月光下的景色中赫然耸起的招牌:“您想结婚吗? 斯特里普街第一家免费结婚证书咨询处”。也许拉斯维加斯的结婚业在1965年8月26日晚上九点至半夜这段时间里达到了最高效率。在平常的日子,这也许是个普普通通的星期四,但碰巧总统发布了命令,于是这一天便成了人们想靠结婚来逃避兵役的最后一天了。那晚有171对男女以克拉克县和内华达州的名义结为伉俪,他们中的67对只有一名治安法官詹姆斯·A.布伦南先生主持婚礼。布伦南先生在沙丘街主持了一对婚礼,另外66对则在他自己的办公室内主持,每一对要价八元钱。一位新娘把自己的婚纱借给了另外六位新娘。“我把婚礼的时间从五分钟缩短到三分钟,”布伦南先生后来这样谈起自己的赫赫战功,“我其实可以给他们举行集体婚礼的,但他们毕竟是人,不是牲口。当人们结婚时,总期望能得到更好的服务。”

人们在拉斯维加斯结婚真正期待的东西——也就是从最大的意义上来说,他们预期的事情——使人感到难以理解和自相矛盾。拉斯维加斯是美国新拓居地当中最极端、更富讽喻意义的地方,这是一个在金钱万能和使人获得即刻满足上表现出如此怪诞和美丽的地方,一个由暴徒和那些制服口袋里装着抗心绞痛药丸的应召女郎定下基调的地方。几乎所有的人都意识到在拉斯维加斯没有“时间”这个概念,没有白天和黑夜,没有过去和将来(然而,没有一个拉斯维加斯的卡西诺赌场能像雷诺[1]的哈罗德俱乐部那样使人失去时间感。该俱乐部不分昼夜每隔一段时间便发布一份报道外界消息的油印“公告”);在这儿人们也没有此刻身在何处的地点感。一个人正站在一望无边的不友好的沙漠中间的公路上,看着一个闪烁着“宇宙星团”或“恺撒宫”的80英尺高的招牌。不错,但这又能解释什么呢?这个令人难以置信的地理位置,更加强了那种在这儿发生的一切与“真实的”生活毫无关系的感觉;内华达州内诸如雷诺和卡森这样的城市是牧场城镇,抑或西部城镇,是一些其背后有着历史必要性的地方。但拉斯维加斯却似乎只存在于观者的眼中。拉斯维加斯的一切使它成为一个极富刺激性而又极其有趣的地方,对于那些想要穿上缀有法国尚蒂伊花边、配上一头窄一头宽的袖子和一个可拆卸的装饰性拖裙的波士顿烛光缎子礼服的姑娘来说,这地方真是古怪得很。

然而拉斯维加斯的结婚业看来正是迎合了那种冲动。“自1954年以来始终保持着真诚和庄重”,一所专供结婚用的小教堂是这样做广告的。在拉斯维加斯有19座这样的结婚小教堂,竞争十分激烈,每座小教堂都大做广告,宣传自己能提供比别家更好、更快而且暗示比别家更真诚的服务:“我

---

[1] 雷诺系内华达州一西部城市,为常年度假胜地,1931年起增设赌场以招徕游客。

们的摄影是最好的"，"您的婚礼场面将录制成唱片"，"您的婚礼将充满烛光"，"蜜月旅馆"，"免收交通费：包括从汽车旅馆到结婚登记处到教堂再回到旅馆的全部路线"，"宗教或世俗仪式任您选择"，"化妆室"，"鲜花供应处"，"戒指专卖处"，"登报启事"，"提供证婚人"，"大停车场"。所有这些服务项目，就和拉斯维加斯的其他项目(桑拿浴、工资单支票兑换、绒鼠毛皮大衣出售或出租)一样，每周七天，每天24小时服务，这些服务项目的出台或许是基于这样的想法：结婚就像掷骰子赌博一样，是一种要趁赌运好的时候赶紧下注的游戏。

然而散布在斯特里普街[1]的那些筑有祝愿井、镶嵌彩色玻璃纸窗、备有人工制作的花束的小教堂，最令人吃惊的是它们的那么多业务不是给人提供便利，不是在歌舞女伶和小歌星之间牵线搭桥。当然，也不是完全没有这种情况。(一天晚上十一点钟光景，我在拉斯维加斯看到一个身穿橘黄色超短裙、染着一头火红色头发的新娘倒在新郎的怀中，从斯特里普的一家教堂中跌跌绊绊地出来。这新郎长得像《迈阿密辛迪加》这类电影中的可怜的侄子一样。"我得去接孩子们了，"新娘抱怨道，"我得找个人来看管孩子，我要去看午夜

[1]斯特里普街系拉斯维加斯的一条著名的街道，街的两侧开着各式各样的赌场。

戏。""你要的都是合理的。"新郎说着拉开凯迪莱克牌豪华轿车的门,扶着她一头倒在坐椅上。)但是拉斯维加斯看来能提供"便利"以外的东西,它向年轻人推销"高雅",推销恰当的礼仪的摹本,这些年轻人不知道如何才能获得"高雅",如何做出种种安排,如何按规矩操办一切。在斯特里普街,整个白天和傍晚人们都能见到那些婚礼聚会,聚会者在过街人行道的刺目的灯光下等候着, 在停车场上心神不安地站立着,与此同时,受雇于西部小教堂("明星们的婚礼场所")的摄影师正在摄下这一场景:新娘头戴面纱,脚穿白色缎子浅口皮鞋;新郎通常穿白色晚礼服,甚至还带了一两个随从,一个妹妹或一个穿着粉红色双面横棱缎的最亲密的朋友,一袭飘动的帐幔,一束康乃馨。风琴手奏起《一旦爱上就将永远》,然后是几小节《天鹅骑士》。于是母亲便哭了起来,继父因自己的尴尬身份,便邀请小教堂的女招待和他们一起去沙滩喝酒。那位女招待带着职业性的微笑婉言拒绝,此刻,她已将兴趣转移到等候在外的一对对新人了。一个新娘出去了,另一个新娘进来了,小教堂门上的招牌又一次亮了起来:"欲举行婚礼者,请稍等片刻"。

我上一次在拉斯维加斯时, 来到斯特里普的一家餐馆,正巧和这样的一个婚宴毗邻。婚礼刚举行完毕,新娘身上依然穿着结婚礼服,母亲仍佩着胸花。一个神态厌倦的侍者给除了新娘以外的所有人都斟上几口淡红色的香槟(说是"由饭店付账"),新娘因年龄太小,按规定不予侍酒。"你需要喝点比这更刺激些的东西。"新娘的父亲向他的新女婿放肆地打趣道;这种关于新婚之夜的老一套的玩笑有种过分乐观的性质,因为新娘明显地已有了好几个月的身孕。后来酒又斟了一巡,这次不再是免费的了。新娘开始哭了起来。"今天真是太好了,"她呜咽道,"就像我所希望所梦想的那样。"

汪义群　译

白鸽和苍鹭

〔尼加拉瓜〕达里奥

我的表姐像德国女人一样有金黄色的头发。我们是从小在姨姥姥家一起长大的。姨姥姥很喜欢我们，教我们像亲姐弟一样相处，细心呵护我们，不让我们争吵。可亲可爱的姥姥！她的衣服都是一朵朵大花的，她的头发是卷曲的，收拢在一起，像布歇侯爵老夫人那样。

伊奈丝比我稍大。然而我比她早识字。我记得很清楚，我对她在一次庆圣婴降生表演中机械地背诵的词，我都懂；她那次在圣婴、美丽的玛丽亚和约瑟诸像前载歌载舞，博得了全家大人的喜欢，他们以甜蜜的欢笑声，称赞这位蹩脚小演员的才干。

伊奈丝在长大。我也在长大，不过不像她长得那么快。我应该进学校了，去过那可怕、难受的寄宿生活，攻读那无用的学士学位；去吃那学生吃的老一套伙食；不能见世面(我那少年人的世面)，也不能见我的家，我的姥姥、表姐，还有那只猫。那是一只罗马种的猫，它爱在我的腿上蹭，弄得我那身黑色衣服沾满白毛。

我去了。

在学校里，我完全发育了。我的声音变得粗哑，进入了从少年过渡到青年这样滑稽的时期。出现了一个特殊现象，我对那个想方设法要使我弄懂而我始终不懂牛顿二项式的数学老师，根本不放在心上，而是(现在依然朦胧、神秘地)思念我的表姐伊奈丝。

之后，我对恋爱有了更深的理解，知道了很多东西。其中，我知道，吻是极其甜蜜的。

光阴如箭。

我阅读了小说《保罗和弗吉尼亚》[1]。一个学年结束了，我回家度假，飞一般奔回家。自由啦！

我的表姐完全变成大姑娘啦，上帝啊，就在这么短短的

---

[1]18世纪一位法国作家写的田园牧歌小说，描述一对少年男女之间纯洁的爱情。

时间里！我在她面前有点儿难为情，表情严肃起来。我同她说话时，就向她微微一笑。

伊奈丝已经有十五岁半啦。头发金黄，在阳光下亮闪闪的，真是尤物。她的脸白里微微透红，从正面看，那简直是穆里约[1]的杰作。有时候从侧面观看，我就想起叙拉古[2]王国豪华浮雕上公主的脸庞。以前她穿短褂，现在穿上长衣了。胸脯坚挺松软，是个暗藏着的最好的梦幻；声音清澈而颤动，蓝色的眸子难以描述，鲜红的嘴充满生命的馨香。健康而童贞的春天！

姨姥姥张开双臂迎接我。伊奈丝拒绝拥抱我，只向我伸出手。后来我就不敢叫她玩以前的游戏了。我感到胆小。那么她呢，她也一定跟我有一样的感觉！我爱我的表姐。

每个礼拜日清晨，伊奈丝同姨姥姥一起去做弥撒。

我的卧室在她们的隔壁。当各个钟楼敲响晨钟的时候，我已经醒了。

我竖着耳朵细听衣服发出的响声。我从虚掩的门缝望她们俩大声说着话出门……我姨姥姥的旧裙子和伊奈丝合身而活泼的衣服窸窸窣窣响着，从我近处过去；伊奈丝的衣服

---

❶穆里约(1617—1682)，西班牙画家，其代表作是《圣母升天》。此处指伊奈丝像穆里约画的圣母那么美。

❷叙拉古，又译作锡拉库扎，西西里岛东岸古城，今属意大利。公元前八世纪为希腊城邦之一，公元前212年被罗马吞并。

对我始终有诱惑力。

哦,这是爱情!

"伊奈丝……"

"……"

在银色的甜蜜月光下,我们俩人单独在一起,那是在尼加拉瓜升起的那种美丽的月亮!

我把心中感到的一切都告诉了她,以请求的口吻嗫嚅着,强烈而又大胆,时而急促,时而抑制地诉说着。真的!我把一切都告诉了她。我在她身边经受着内心奇异的骚动,感受着爱情、渴望,以及在学校中沉思时产生的难熬的盼望和对她的思念。我像祈祷一样重复着伟大的名词:爱情。哦,她一定会高兴地接受我的爱!我们会继续长大,会成为夫妻……

我等待着。

天上清丽的光照着我们。这气氛给我们以温馨,使我觉得适于吐露炽烈的爱情。啊,她那金黄色的头发,天蓝色的眼睛,微张着的火一般的双唇!

突然,她做个鬼脸,说:

"走开!真傻……"

她像一只快乐的猫跑向和善的姨姥姥那里,姨姥姥正拨弄着念珠串,在默默地念祷文。

她像调皮的女学生一样,疯疯癫癫地大笑着说:

“哎，姥姥，他已经对我说了！……”

哦，原来她们俩早已知道我该“说了”！

她的笑声打断了老人的祈祷，老人沉思着抚弄念珠串。我在远处窥视她，见此情景便痛哭了起来，这是我首次因失恋而痛哭！

生理上的变化和精神上的骚动使我十分冲动。我的上帝啊！我一直是个幻想者，自认为小诗人。在情窦初开时，我满脑子的幻想，张口就念诗，我的身心渴望着爱情。天仙的目光照亮我心底的庄严时刻何时到来？撕开那诱人之谜的帷幕的庄严时刻何时到来？

有一天，在花园中，在灌木和花丛中，伊奈丝在太阳下浇麦苗。她把花儿叫做她的朋友。有几只浅灰色鸽子鼓起雪白的胸脯在咕咕地叫，叫声像音乐一般悦耳。她穿着灰中透蓝的衣服，衣袖宽大，几乎可以看见她整个雪白而有光泽的胳膊，我在梦里总是看见她穿这件衣服。她润滑的头发拢在一起，白中透红的后颈上绒毛犹如纱巾一般，在我看来就像卷曲的光线。鸽子们深红色的星形爪子踩着暗灰色的泥土，在她四周走来走去。

那天很热。我躲在茉莉花枝后面。我的双眼贪婪地盯着她。终于，娴雅的表姐走近我的藏身处了。我在颤抖，满脸通红，眼中似乎燃着奇异而灼人的烈焰，她见我这样，竟残忍而骇人地哈哈大笑。嗨！那简直不可思议！我飞快地冲到她跟前。我的动作一定勇猛而锐不可当，她吓得后退一步。

“我爱你！”

她又笑了。一只鸽子飞到她的一条胳膊上。她爱抚它，她那鲜艳诱人的嘴中珍珠般牙齿衔着麦粒儿喂它。我又向她靠近。我的脸贴近她的脸。天真的鸽子们围在我们四周。一股强烈的不可见的女性香气冲昏了我头脑。我把伊奈丝看成一只美貌的人形鸽子，雪白而高尚，同时充满火焰和热情，是个装满幸福的宝库！说时迟，那时快，我捧住她的头，在她脸颊上吻了一下，那是个迅猛、灼热而疯狂的吻。她有点儿生气，拔腿就跑。鸽子们受惊飞去，在颤抖的灌木上空翅膀发出一阵乱哄哄的扑棱声，而我则垂头丧气，呆若木鸡。

不久我去了另一个城市。唉！金发白鸽没有在我眼前敞开我梦寐以求的神秘喜乐的天堂大门。

我的灵魂里炽热而神圣的女神啊，这一天一定会到来的！爱莲娜这个风趣而又快乐的姑娘，是我新的恋爱对象。祝福她那张嘴，它首次在我身边吐露了真情！

那是在我家乡一个湖畔的城里。那是个迷人的湖，湖上有鲜花盛开的岛屿，有色彩鲜艳的鸟雀。

我们俩人单独在一起，手拉着手，坐在一个老码头上，码头下面灰绿色的水在拍击着，像在弹奏乐曲。暮色妩媚动人，是那种令热带恋人感到惬意的傍晚。蛋青色的天空宁静而明亮，东方渐渐变成暗紫色，而在西边天际深处渐渐变成略带微红的金黄，落日余晖颤动着斜射出红色光芒。在愿望的驱使下，我那心爱的姑娘望着我，我们互相倾诉着热烈而奇怪的事情。在我们的心底好像有两只看不见的神奇夜莺在同声唱着令人陶醉的歌。

望着温柔而热情的姑娘，我陶醉了；我一边看着，一边抚摸她栗色的头发。凝视着她桂皮色中透着玫瑰红的脸，她那克娄巴特拉式的嘴和优雅的少女身姿；听着她娇声娇气对我说着亲切的话语，声音是那么低，好像是只让我听到，唯恐被晚风窃走。她注视着我，她那密涅瓦般绿色的眼睛(一定总能讨诗人喜欢)，使我充满幸福感。后来我们的目光扫视着苍茫暮色中的湖面。靠近湖岸处停着一群鹭。其中有白色的，有褐色的，就是这些鹭，在白天气温高的时候飞到岸上去吓唬那些趴在黑色岩石上晒太阳的鳄鱼。漂亮的鹭！有的把长颈藏在浪中，或藏在翅膀下，它们像一簇簇粉红色的鲜亮的花，在静悄悄地移动。有时候，有一只鹭单腿独立，用喙整理着羽毛，或站着不动，像仿古的雕像；或者几只鹭同时作短程飞行，像中国伞上画的雁群那样，以绿色的岸或天空做背景，画出奇怪的画。

我依傍着我的意中人，想象着鹭们从那里给我带来许多朦胧而生疏的诗。我发现白鹭们是最纯洁的、最雅致的，她们既有鸽子的纯洁，又有天鹅的雅致。她们健美、潇洒的颈项像英国贵妇人的脖子，她们就像莎士比亚在伦敦王宫里朗诵的诗中所描述的那种样子：有跟班在旁侍候的贵妇人。她们灰白的翅膀娇贵得令人想到慵懒的新婚之梦；有位诗人说得好：所有的鹭都是用碧玉雕琢的。

啊，对了，另一种鹭对我而言更为迷人！我可以说，我的爱莲娜同它们一样，她矫健而优雅，肤色是桂皮色中透着玫瑰红。

太阳拖曳着东方国王的大红袍消失了。我以誓言以及甜言蜜语温存地赞美过我的意中人后，我们就一起低吟起感情浩淼的二重唱。直到此时，我们俩人一直是神秘地互相奉献给对方的梦幻般的恋爱者。

突然，在一刹那，我们好似被一种神秘的力量所牵引，我们颤抖着吻在一起了，这对我而言是高尚的吻：是我接受一个女子双唇的第一个吻。哦，神圣的诗人国王所罗门[1]，你比谁都说得好：Mel et lac subunsua tua[2]！

啊，我的爱，我的美人，我亲爱的苍鹭！你在我心灵的记

[1]所罗门，《圣经·旧约》中人物，是犹太人的第三个国王。据说《圣经》中的《雅歌》是他所作。

[2]拉丁文，意思是：舌上自有蜜和奶(见《雅歌》第四章第11节)。

忆中构成了最高尚而不可消逝的光明。

因为你给我显示了人生初恋圣洁、甜蜜的奥秘。

刘玉树 译